Lernkrimi Italienisch

MORD AL DENTE

Omicidio al dente

Kulinarischer Krimi mit Rezepten

Alina Smith

Compact Verlag

Bisher sind in dieser Reihe erschienen:

- Compact Lernkrimi Englisch, Französisch, Italienisch, Spanisch: Grundwortschatz, Aufbauwortschatz, Grammatik, Konversation
- Compact Lernkrimi Englisch GB/US: Grammatik, Konversation
- Compact Lernkrimi Business English: Wortschatz, Konversation
- Compact Lernkrimi Deutsch: Grundwortschatz, Grammatik

In der Reihe Schüler-Lernkrimi sind erschienen:

- Compact Schüler-Lernkrimi Englisch, Französisch, Spanisch, Latein
- Compact Schüler-Lernkrimi Deutsch: Grammatik, Aufsatz
- Compact Schüler-Lernkrimi Mathematik, Physik

In der Reihe Lernthriller sind erschienen:

- Compact Lernthriller Englisch: Grundwortschatz, Aufbauwortschatz, Grammatik, Konversation

In der Reihe Lernstory Mystery sind erschienen:

- Compact Lernstory Mystery Englisch: Grundwortschatz, Aufbauwortschatz

In der Reihe Lernkrimi History sind erschienen:

- Compact Lernkrimi English History: Grundwortschatz, Aufbauwortschatz, Grammatik, Konversation

In der Reihe Hörbuch Lernkrimi sind erschienen:

- Compact Hörbuch Lernkrimi Englisch: Mittleres Sprachniveau, Fortgeschrittene

Weitere Titel sind in Vorbereitung.

Chefredaktion: Dr. Angela Sendlinger
Redaktion: Christine Tuth
Fachredaktion: Martha Fischer
Produktion: Wolfram Friedrich
Titelillustration: Karl Knospe
Typographischer Entwurf: Maria Seidel
Umschlaggestaltung: Carsten Abelbeck

ISBN 978-3-8174-7623-7
7276233

Besuchen Sie uns im Internet: www.compactverlag.de

Vorwort

Mit dem neuen, spannenden Compact Lernkrimi können Sie Ihre Italienischkenntnisse auf schnelle und einfache Weise vertiefen, auffrischen und überprüfen.
Kommissarin Rosa Nicoletti erleichtert das Sprachtraining mit Action und Humor. Sie und ihre mysteriösen Kriminalfälle stehen im Mittelpunkt einer zusammenhängenden Story.
Der Krimi wird auf jeder Seite durch abwechslungsreiche und kurzweilige Übungen ergänzt, die das Lernen unterhaltsam und spannend machen.
Prüfen Sie Ihr Italienisch in Lückentexten, Zuordnungs- und Übersetzungsaufgaben, in Buchstabenspielen und Kreuzworträtseln!
Ob im Bus oder in der Bahn, im Wartezimmer, zu Hause oder in der Mittagspause – das Sprachtraining im handlichen Format bietet die ideale Trainingsmöglichkeit für zwischendurch.
Schreiben Sie die Lösungen einfach ins Buch!
Die richtigen Antworten sind in einem eigenen Lösungsteil zusammengefasst.

Und nun kann die Spannung beginnen ...

Viel Spaß und Erfolg!

Inhalt

Story

Kommissarin Rosa Nicoletti ist in Venedig eine von allen Verbrechern gefürchtete Kriminalistin. Sie wird von der Polizei immer dann eingesetzt, wenn alle anderen Ermittler vor unlösbaren Rätseln stehen und Verbrecher ihr undurchsichtiges Spiel treiben.

Hollywood-Glamour breitet sich über der Lagunenstadt aus: Das älteste Filmfestival der Welt findet alljährlich in Venedig statt. Zahlreiche Stars und Sternchen stellen ihre Filme vor und werden von Publikum sowie Presse gleichermaßen euphorisch gefeiert, unter anderem der berühmte Schauspieler und Playboy George Brandly und seine ebenso bekannte wie wunderschöne Begleiterin Linda.

Doch plötzlich wird aus fiktiven Filmrollen blutiger Ernst: George Brandly wird nach einem Essen tot aufgefunden. War es seine eifersüchtige Lebensgefährtin oder wurde das Essen am Tag vorher von der schönen Unbekannten vergiftet, mit der George in der Nacht zuvor gesehen wurde? Ehe es sich Rosa Nicoletti und ihr Nachbar und Verehrer Doktor Lombardo versehen, gelangen sie mitten in den Strudel eines mysteriösen Falles, der nicht nur kreuz und quer durch Venedigs Kanäle führt, sondern zu einem kulinarischen Streifzug durch die venezianische Küche wird...

Il motoscafo solcò leggero l'acqua del canale del Lido, in cui si rispecchiavano i colori pastello di eleganti villette stile liberty. Si avvicinò lentamente alla banchina dell'*Hotel Excelsior*, che appariva maestoso in lontananza, scolpito in forme arabeggianti.
Un paio di body guard in doppiopetto grigio scuro e occhiali da sole, muniti di auricolare, scrutavano la riva. Appena l'imbarcazione toccò il molo, dopo aver dato un'occhiata in giro, fecero cenno al loro uomo.

Übung 1: Folgende Wörter werden dem Venedig-Reisenden häufig begegnen. Setzen Sie die Substantive in den Plural.

1. il motoscafo ____________
2. il canale ____________
3. la banchina ____________
4. l'imbarcazione ____________
5. il molo ____________
6. la cabina ____________

George Brandly, che fino a quel momento era stato in cabina, scese lentamente dalla barca.
Stavolta si era portato i body guard direttamente da Hollywood.
Non si fidava troppo del personale di sicurezza del Festival, dopo che l'anno prima si era ritrovato di fronte una fan esattamente in quel punto.
Come ci era arrivata? Nessuno se l'era saputo spiegare.
La ragazza aveva più o meno sedici anni. Gli aveva abbozzato una specie di smorfia e per l'emozione era caduta nel canale appena le aveva rivolto la parola.

Aveva dovuto salvarla tuffandosi in acqua!
Si era ritrovato il giorno dopo fotografato su tutti i giornali.
Qualcuno aveva persino insinuato che c'era qualcosa tra loro…
"Queste ragazzine diventano sempre più scatenate…" si diceva ripensando all'anno passato.
Intanto già alzava la mano per salutare una folla di persone che lo guardavano dal molo, sporgendosi da una terrazza antistante l'*Hotel Excelsior*.

ÜBUNG 2 !

Übung 2: Schreiben Sie zu jedem Adverb das passende Adjektiv auf!

1. lentamente ______
2. direttamente ______
3. esattamente ______
4. velocemente ______
5. appassionatamente ______
6. urgentemente ______

Il lussuoso albergo aveva un accesso sotterraneo dal canale. Vi si entrava attraverso un tunnel interno che passava sotto la strada.
George si tolse gli occhiali da sole e sfoderò un disarmante sorriso. Indossava una T-shirt bianca e un paio di jeans. Sapeva di avere uno stile inconfondibile.
Era un vero attore. Aveva imparato fin troppo bene a fingere, perfino quando, come in questo momento, non si sentiva molto a suo agio.

Aveva appena litigato con Linda, sua compagna nella vita e sul set, anche lei star affermata.
“George! George!” gli urlò un folto gruppo di ragazzine, tra cui ne aveva notate un paio di davvero carine.

Übung 3: Wie lautet die Mehrzahl der folgenden Wörter?

1. camicia	camicie
2. giacca	giacche
3. cravatta	cravatte
4. pantalone	pantaloni
5. maglione	maglioni
6. calzino	calzini
7. scarpa	scarpe
8. gonna	gonne
9. golfino	golfini
10. vestito	vestiti
11. occhiale	occhiali
12. orecchino	orecchini
13. collana	collane
14. bracciale	bracciali
15. orologio	orologi
16. borsa	borse

La direzione delle grida di alcuni giovani gli fece però capire che anche Linda era scesa dal motoscafo.
“Linda, sei bellissima! *You are beautiful! ABIUTIFUL!!*” sentì improvvisare in un inglese non proprio perfetto.
Si voltò per aspettarla.
Linda lo raggiunse stando in equilibrio su un paio di sandali dai vertiginosi tacchi a spillo.
Era altissima e filiforme, avvolta nella folta chioma dei suoi lunghi capelli biondi.
Indossava un vestito di lino bianco che la rendeva ancora più angelica ed eterea, mentre una cintura di piccoli anelli d’oro le segnava la vita.

ÜBUNG 4 !

Übung 4: Beantworten Sie die Fragen zum Text!

1. Che lavoro fa Linda?

____

2. Di chi è la compagna?

____

3. È altissima e ____________________.

4. Di quale tessuto è fatto il suo vestito?

____

5. È bionda o mora?

____

George sentiva di amarla, anche se il loro rapporto stava attraversando una fase di crisi.

Il problema era che non si era mai veramente fidato di Linda. Aveva come l'impressione che lei fosse interessata più alla propria carriera che a costruire una famiglia con lui.
Dal primo momento in cui l'aveva vista non aveva avuto scampo. Aveva avuto tante donne, alcune anche durante la loro relazione. L'aveva tradita, ma non riusciva a immaginare una vita senza di lei. Da un po' di tempo la sentiva lontana. Avvertiva come un muro tra loro e sapeva che era diventato più spesso proprio a causa dei suoi errori. Non era stato un fidanzato ideale. Lo sapeva bene.

Übung 5: Verbinden Sie das Verb mit seinem Gegenteil!

ÜBUNG 5 !

1. amare	a) tacere
2. piangere	b) odiare
3. nascere	c) digiunare
4. parlare	d) ridere
5. mangiare	e) morire

Le strinse forte la mano, quasi a volerla fare solo sua, e la trascinò dolcemente verso di sé.
"Non così forte…" gemette lei, e sfoderò verso i suoi fan un bellissimo sorriso che le fece risplendere gli occhi celesti.
"Hai paura che ti possa rompere?" le chiese lui con una tensione ironica sul volto.
Un fotografo, arrivato all'improvviso sul molo, le scattò una foto e le illuminò il viso col flash.
"Linda! Linda! Guarda qui, qui!!" le urlò standole di fronte.
Linda si protesse il viso quasi terrorizzata, colta così di sorpresa. Anche se le bastò un attimo per riprendersi e mettersi in posa. L'abitudine data dal mestiere.

Bastò per far capire a George che era meglio finirla lì.
"Tesoro, andiamo adesso!" le sussurrò in un orecchio, portandola via verso l'hotel.
La gente continuò a urlare e a fischiare. Alcuni si sporgevano a tal punto dalla terrazza da rischiare quasi di cadere di sotto.
Linda si lasciò trascinare via, quasi indispettita.

ÜBUNG 6 !

Übung 6: Bilden Sie die weibliche Form der Substantive!

1. attore attrice
2. dottore dottoressa
3. uomo donna
4. padre madre
5. figlio figlia
6. fidanzato fidanzata
7. compagno compagna
8. marito moglie

Subito dopo, dietro di loro, scese dal motoscafo un altro attore, amico di George dai tempi dell'università a Boston, da dove entrambi provenivano.
Era abbastanza famoso e interpretava anche lui un ruolo in *Amore a settembre*, il film che doveva essere presentato al Festival di Venezia la sera stessa, alla prima delle 22 al Palazzo del Cinema.
"Christopher! Christopher!" urlò una donna ormai non più giovanissima, ma quasi più scatenata di una ragazzina.

Per Christopher Damon era la prima volta al Lido, anche se, a differenza di George, conosceva bene Venezia, perché vi aveva studiato per un periodo.

Aveva promesso all'amico di fargli fare un giro dei *bàcari*, le osterie tipiche del luogo.

I veneziani ci andavano a bere un'*ombra*, come veniva chiamato un bicchiere di vino nel dialetto locale, e a mangiare i *cicheti*, un'istituzione veneziana come le *tapas* in Spagna, stuzzichini e spuntini a base di crostini, affettati, pesce, sottaceti e tante altre delizie gastronomiche.

Übung 7: Übersetzen Sie die folgenden Wörter!

1. Fleisch ______ carne
2. Fisch ______ pesce
3. Wein ______ vino
4. Wasser ______ aqua
5. Brot ______ pane
6. Salz ______ sale
7. Olivenöl ______ olio d'oliva
8. Pfeffer ______ pepe
9. Milch ______ latte
10. Sahne ______ crema (panna)
11. Essig ______ aceto
12. Käse ______ formaggio

13. Obst

14. Gemüse

15. Zucker

Christopher già pregustava la giornata insieme con George a Venezia, quando si accorse di avere fame.
La sua mente corse *alla Vedova*, uno dei suoi *bàcari* preferiti, vicino alla Ca' D'Oro. L'ultima volta ci aveva mangiato le sarde *in saor*, il baccalà e degli spiedini di gamberi e seppioline di laguna. Gli venne l'acquolina in bocca …
Le urla delle fan lo riportarono subito alla realtà. Si fermò a salutare, ma non riusciva proprio a sorridere. Il sole gli ferì gli occhi grigio chiaro.
Dovette rimettersi gli occhiali da sole neri, che stonavano con la giacca bordeaux di Versace appena acquistata in una boutique di New York.
"Non riuscirò mai a essere come George" pensò oscurandosi in volto.
George sapeva sempre cosa fare per piacere alla gente.
Christoper si rendeva conto di non essere così. Alzò la mano e accennò un gesto, per poi sparire anche lui sotto la terrazza.

ÜBUNG 8 !

Übung 8: Beantworten Sie die folgenden Fragen!

1. Cos'è un *bàcaro*?

2. Cosa significa *ombra*?

3. Cosa sono i *cicheti*?

piccole delicatezze

"George rimane in ogni caso il più simpatico!" disse una ragazza con forte accento romano, quasi interpretando il pensiero di Christopher. Aveva atteso tutto il giorno quel momento, nutrendosi di panini e acqua minerale, ed era abbastanza delusa...
"Sono arrivati oggi in aereo dall'America... Saranno stanchi..." la consolò l'amica.
"Vedrai che stasera, quando sfilano sul tappeto rosso, andrà sicuramente meglio. Ho già pronte alcune loro fotografie su cui farci fare un autografo!"
"Sfilano davanti al Palazzo del Cinema, vero?"
"Sì, e purtroppo non abbiamo trovato i biglietti per la Sala Grande! Dicono che sia la sala cinematografica più bella... Tutto esaurito! Bisogna comperare i biglietti un giorno prima o la mattina presto per essere sicuri di trovarli ancora, mi ha spiegato la signora alla cassa..."
"A saperlo..."
"Non prendertela, vedrai che ci divertiremo lo stesso..."

Übung 9: Setzen Sie folgende Wörter der Kulinarik in den Plural!

! ÜBUNG 9

1. seppia — seppie
2. gambero — gamberi
3. crostino — crostini
4. sardina — sardine
5. affettato — affettati
6. spiedino — spiedini

"Ma è vero che le star siedono tra il pubblico durante la proiezione?"
"È vero. Peccato non esserci…"
"Peccato, sì… Che dici? Per consolarci prendiamo un tramezzino con lo *spritz*? Dicono che i tramezzini di Venezia siano i più buoni d'Italia… Hanno il pane bianco soffice soffice e adesso, poi, li fanno ripieni di mille cose diverse: tonno e cipolle, tonno e olive, gamberi e uova, bresaola e rucola, prosciutto e funghi…"
"Lo *spritz* è il tipico aperitivo veneziano?"
"Lo fanno con il prosecco o il vino bianco mescolati all'acqua, con aggiunta di Aperol, Cynar o Gin, a seconda della creatività del barista..."
"Suona bene... Lo prendiamo di sicuro! Ci serve per tirarci su! Dopo tutte queste ore di attesa…"
"Va bene, andiamo al *Lion Bar*, il baretto proprio di fianco al Palazzo del Cinema, allora! C'è sempre un bel giro di gente lì…"
"È quello dove bazzicano i giornalisti? E se per una volta andassimo anche noi sulla terrazza dell'*Hotel Excelsior*, dove si incontrano gli attori, i registi, i produttori? Ho sentito che lì una mia amica lo scorso anno ha incontrato Raoul Botta. Le ha firmato addirittura un autografo con dedica!"
"Ti immagini che invidia le amiche?"
"Va bene, vediamo se ci fanno entrare…"
"Siamo abbastanza carine, no? Dovremmo avere fortuna!"

! ÜBUNG 10

Übung 10: Setzen Sie das passende Wort ein!
(caffè – tramezzino – tonno e uova – aperitivo – prosecco – pane)

1. Lo *spritz* è fatto con il ____________ e il vino bianco mescolati all'acqua.

2. Andiamo a mangiare un ______________ al bar.

3. Il tramezzino è ripieno di ______________

4. In Italia prima di cena si usa bere un ______________ con gli amici.

5. Il tramezzino è fatto con ______________ bianco soffice soffice.

6. Andiamo a prendere dopo pranzo un ______________ espresso.

Il dottor Ludovico Lombardo era di ottimo umore, ma un po' emozionato. Lanciò un'occhiata dalla finestra nella calle per vedere se Rosa stava arrivando.
Il sole scendeva lentamente sui tetti di Venezia, tingendo i muri dei palazzi di pennellate leggere che trascoloravano dall'arancione verso il rosa e il violetto.
"Un incantevole settembre!" pensò sereno tra sé.
Con il carattere romantico che si ritrovava, quel mese era il suo preferito a Venezia.
Le giornate cominciavano a diventare più corte, la luce si faceva più intensa e l'incessante formicolare dei turisti scemava pigramente con il levarsi del primo vento fresco dell'autunno. Inoltre, in quel periodo, al Lido c'era il Festival del Cinema, che diffondeva perfino a Venezia, tra le calli, i campi e i campielli, un'atmosfera davvero particolare.
Molte star e attori famosi si mescolavano alla gente. Passeggiavano per la città come turisti. Era facile incontrarli al ristorante, a spasso per Piazza San Marco, ad ascoltare musica al *Café Florian*, a bere un Bellini all'*Harry's Bar*…
Lombardo era un patito del cinema d'autore. Durante questo periodo passava diverse notti al Lido a seguire le proiezioni.

ÜBUNG 11 !

Übung 11: Lesen Sie weiter und unterstreichen Sie das passende Hilfsverb!

Il Lido era/era stato (1.) considerato la spiaggia della Serenissima, come veniva/viene (2.) chiamata Venezia in memoria dei suoi tempi passati e dei suoi splendori di Repubblica marinara.
L'isola del Lido si distinse/distingueva (3.) già a occhio nudo dai Giardini della Biennale e si raggiungeva/raggiunse (4.) in una ventina di minuti in vaporetto o in una decina di minuti in motonave da Piazza San Marco.
In passato era stata/è (5.) la residenza estiva dei ricchi veneziani che si rifugiavano/rifugiavano (6.) nelle raffinate villette stile liberty sul lungomare per evitare l'afa delle calli cittadine e le zanzare. Nel Novecento l'alta società di tutto il mondo venne/veniva (7.) su queste sponde per respirare un po' di buon iodio.
Alcuni hotel portavano/portano (8.) ancora nomi "esotici" che rievocavano/rievocarono (9.) il periodo dell'Impero austro-ungarico, come l'*Ungaria*.

Al Lido si respirava talvolta un'aria un po' snob, ma a Lombardo, che da veneziano doc non amava troppo i turisti, questo non dispiaceva in fondo così tanto.
I suoi abitanti si sentivano inoltre privilegiati rispetto agli "altri" isolani e agli stessi veneziani soprattutto per una ragione: l'auto.
Il Lido è infatti l'unica isola della laguna in cui si può andare in macchina, anche se lo sport preferito da tutti pare essere la bicicletta o la vespa.
Adesso ai nobili vestiti di bianco che si davano appuntamento negli eleganti capanni sulla sabbia, agli intellettuali come Thomas Mann e Ernest Hemingway, che prediligevano l'*Hotel De Bain*, si sono sostituite le star hollywoodiane e nazionali...

Ma a Lombardo, pur essendo un patito cinefilo, in quel momento tutto ciò non interessava più di tanto. Finalmente, dopo lungo tempo, aveva avuto il coraggio di invitare Rosa a cena a casa sua. Poi avrebbero preso il vaporetto per andare a vedere la prima di un film americano al Lido.

Übung 12: Lesen Sie weiter und unterstreichen Sie die Adjektive!

ÜBUNG 12 !

La prima esposizione d'arte cinematografica vi aveva avuto luogo nel 1932, nell'ambito della XVIII Biennale delle Arti, interamente sulla terrazza dell'*Hotel Excelsior*.
Dal 1935 la Mostra del Cinema era diventata annuale.
Aveva conosciuto momenti di gloria con le grandi dive e i famosi registi d'altri tempi, come Federico Fellini, che avevano animato la "dolce vita" notturna, a cui erano seguiti periodi di crisi.
Da qualche anno, grazie alla presenza di numerose star hollywoodiane, il Festival pareva però avere ritrovato tutto il suo splendore.

A Lombardo piaceva cucinare, ma il piatto che aveva preparato per Rosa era difficile anche per lui: il fegato alla veneziana.
Ci teneva a fare bella figura, perché Rosa non era una donna che si incontrava tutti i giorni. Lei era speciale.
Rosa Nicoletti, a soli trentacinque anni, era il più giovane commissario di polizia di Venezia. „Rosa la rossa", la chiamavano i colleghi, ispirandosi al colore dei suoi capelli.
A Lombardo non piaceva che gli altri uomini la chiamassero così, ma non ci poteva fare niente.
Anche perché lui non era il suo fidanzato o altro… Erano solo amici. Purtroppo.

! ÜBUNG 13

Übung 13: Wie lautet die Mehrzahl der folgenden Wörter?

1. il patito cinefilo ______________________
2. il commissario di polizia ______________________
3. la bravissima criminologa ______________________
4. l'abile intuito ______________________
5. la vita rischiosa ______________________
6. il tipo adatto ______________________
7. il momento di sconforto ______________________

Non aveva mai avuto il coraggio di dichiararsi.
In fondo lui era solo un professore di storia all'Università Ca' Foscari.
Era ancora troppo giovane, però, per riuscire ad avere uno stipendio decente.
La sua vita si divideva tra ricerche in biblioteca e lezioni davanti a studenti per lo più annoiati, cene solitarie, libri e tv.
Cosa poteva trovare di interessante Rosa in un uomo come lui?
In ogni caso: „La speranza è l'ultima a morire!" si disse fiducioso.
Rosa, del resto, anche se non chiaramente, gli aveva dimostrato di gradire la sua compagnia in più di un'occasione.
Guardò ancora fuori dalla finestra inquieto, ma non vide altro che un piccione sul davanzale che guardava incuriosito verso di lui.
Poi all'improvviso volò via, provocandogli quasi un tuffo al cuore.
„Maledetti piccioni! Siete davvero una peste a Venezia!" si lamentò, abbastanza infastidito dal fatto che dalla cucina provenisse uno strano odore di bruciato…

Übung 14: Ergänzen Sie die Sätze durch die passenden Objektpronomina!

1. _Ti_ avevo detto di cucinare la pasta al dente! (A te)
2. _____ hai per caso preparato gli spaghetti con il pesto? (A me)
3. Credi che _____ piaccia l'aragosta? L'ho comperata ieri fresca al mercato del pesce. (A lei)
4. A che ora _____ hai detto di arrivare? (A lui)
5. Non _____ hanno detto che arrivavano in ritardo? (A noi)
6. _____ voglio seduti a capotavola. (loro)
7. Dove _____ sediamo? (noi)

Rosa guardò l'orologio. Si stava facendo tardi. Erano già le 18.30 e aveva promesso a Lombardo di essere da lui per le 19. Non le restava molto tempo.

Meglio telefonare.

Digitò al cellulare il suo numero, che aveva ormai imparato a memoria.

"Signora, per favore, si scosti…" le fece cenno il marinaio che si apprestava ad attraccare il vaporetto alla fermata successiva.

Rosa si spostò e continuò a rovistare nella borsetta stracolma in cerca del cellulare. Tra il rossetto e il portafoglio scorse la pistola che portava sempre appresso.

Con il suo lavoro, non sapeva mai cosa potesse succedere.

"Questi telefonini! Li fanno sempre più piccoli e difficili da trovare…" si lasciò scappare a voce alta. Finalmente, nascosta dietro i fazzoletti di carta, vide comparire la lucina del cellulare. Lo recuperò e compose in fretta il numero.

Übung 15: Bilden Sie die Grundform der folgenden Verben!

1. guardò
2. digitò
3. fece cenno
4. spostò
5. continuò
6. scorse
7. si lasciò scappare
8. recuperò
9. compose

"Pronto!"

"Pronto, Rosa?" rispose trafelato Lombardo.

"Ludovico, che succede? Hai una voce strana… Sembra che tu abbia corso…"

"No, è solo che sto finendo di cucinare. Ti ho preparato una bella cenetta, come promesso…"

"Che gentiluomo! Solo che volevo chiederti se posso arrivare un po' dopo… Andrebbe bene verso le 20?"

"A dire il vero, ho avuto un problemino in cucina… Quindi per me va anche meglio se facciamo più tardi… Ma non troppo, perché alle 22 abbiamo la prima del film! Ci sono problemi?"

"Mi hanno telefonato dal commissariato. Pare che sia sparito il cuoco dell'*Harry's Bar*. Il proprietario crede che si tratti di un falso allarme e che si sia magari preso un paio di giorni di riposo. Non sarebbe la prima volta. Ma non risponde al telefonino."

"Mi raccomando Rosa, sii prudente"

"Non ti preoccupare. Per il momento devo solo parlare con uno dei camerieri."
"Va bene, a dopo allora!"
"Ciao, a più tardi."

Übung 16: Setzen Sie die passenden Wörter in den folgenden Dialog ein! **(ciao – scuoce – raffreddato – in Italia – Pronto – ora – Bene – Facciamo – puntuale – bottiglia di vino – non serve)**

ÜBUNG 16

"Pronto"

"__________. Come stai?"

"__________ grazie, e tu?"

"Abbastanza bene, sono solo un po' __________."

"A che __________ ci vediamo oggi?"

"__________ per le sette?"

"Sei diventato tedesco? Sai che __________ non si mangia mai prima delle sette e mezzo o otto!"

"Va bene, arrivo allora per quell'ora!"

"Per favore, cerca di essere __________. Butto la pasta, altrimenti si __________."

"Devo portare una __________?"

"Vedi tu, ma __________ che ti disturbi!"

"A dopo, allora!"

"A dopo, __________!"

Lombardo riattaccò e corse in cucina. Le cipolle si erano attaccate alla padella ed erano un po' bruciate.

Inoltre il sugo aveva un sapore strano. Per fortuna il fegato era rimasto ancora tenero. Ma c'era qualcosa che non andava.

Forse troppo poco sale?

Non se la sentiva di fare brutta figura con Rosa… Pensò un attimo a chi chiedere consiglio. Si grattò il mento con la mano, un gesto che ripeteva spesso quando si sentiva insicuro. Ritornò poi al telefono e chiamò l'unica persona di cui si fidava completamente in fatto di cucina.

ÜBUNG 17 !

Übung 17: Wie lautet der Plural der folgenden Gemüsesorten richtig? Unterstreichen Sie die falsche Form und schreiben Sie diese richtig!

1. cipolla/cipolli ______
2. carota/carote ______
3. pomodoro/pomodore ______
4. zucchina/zucchini ______
5. pisello/piselli ______
6. cavolfiore/cavolfiori ______
7. cetriolo/cetriole ______
8. lenticchia/lenticchi ______

"Mamma, come stai? Tutto bene a casa? Papà ha ancora il mal di schiena?"

I suoi genitori abitavano sull'Isola della Giudecca, proprio davanti alle Zattere.

"Tutto bene, tesoro" gli rispose sua madre. "Sai, l'umidità di Venezia al papà di certo non fa bene, ma la schiena va meglio. Tu, piuttosto, ti riguardi? Mangi, almeno? Eri così magro l'ultima volta che ti ho visto! Vieni troppo poco a trovarci. Sai che io sono sempre contenta di cucinarti qualcosa…"

"In effetti ti chiamavo proprio per questo, mamma… Ho cucinato il fegato alla veneziana e volevo chiederti se ti ricordavi come si prepara. Sai, è quasi pronto, ma mi pare che manchi qualcosa…"

"Non è così facile da ricordare, così su due piedi… Per due persone? Non è che ti sei fatto una fidanzata e non dici nulla? Sempre il solito tu! Pieno di misteri!"

"Mamma per favore, non cominciare… Invito solo un amico…"

"Un amico, sì, a chi la racconti… Per favore! E poi alla mamma non si dicono mai le bugie!"

"Insomma, ho superato i trenta e ancora mi tratti come un bambino! Non cambi proprio mai, vero?"

"Tu per me resterai sempre il mio bambino! Io e tuo padre ancora ci domandiamo perché hai voluto andare ad abitare da solo, quando la maggior parte dei tuoi amici non ancora sposati vive coi genitori… Non ti sei mai preoccupato di spezzare il cuore ai tuoi, tu… Nemmeno quando hai preferito diventare professore, invece di avvocato, come voleva papà! Se avessi ascoltato tuo padre adesso guadagneresti molto di più!"

Übung 18: Übersetzen Sie folgende Wörter!

1. fegato Leber
2. manzo Rind
3. vitello Kalb

4. pollo ______

5. tacchino ______

6. anitra/anatra ______

"Mamma! Sempre i soliti discorsi… Mi aiuti o no? Altrimenti riattacco!"
"Va bene, va bene. Allora, la ricetta del fegato alla veneziana per due persone… Vediamo un po'… Aspetta solo un minuto. Hai la tv accesa? C'è quell'uomo bellissimo che è appena arrivato al Lido! George Brandly! Che tipo che è! Anche se tuo padre quando era giovane era proprio un bell'uomo! Non aveva nulla da invidiargli! Ti ho raccontato come è stata la prima volta che ci siamo visti?"
"Mamma, ti prego!"
"Stai calmo! Si tratta di sicuro di una donna… Allora, hai bisogno di 200 grammi di fegato, di 2 – 4 cipolle, di un cucchiaio di olio d'oliva, di un po' di sale e di un limone."
"Fino agli ingredienti sono arrivato anch'io!"
"Le hai soffritte bene prima, le cipolle, e le hai tagliate a fettine sottili?"
"Sì."
"Attenzione a non farle bruciare, però!"
"Già successo. Troppo tardi..."
"Poi devi mettere il fegato nella teglia con le cipolle e cuocere tutto a fuoco vivo, prima da una parte e poi dall'altra, per non più di quattro o cinque minuti… Ricordati di salare alla fine, altrimenti il fegato rischia di diventare duro…"
"Ecco cos'era! Ho salato prima… Forse per questo la salsa ha un sapore strano."
"Non preoccuparti, aggiungi un po' di acqua e ti aiuterà a fare rimanere tenero il fegato e la salsa più dolce."

"Grazie mamma. Adesso sono sicuro che sarà buonissimo. Ho preparato anche un po' di polenta di contorno."

Übung 19: Übersetzen Sie!

1. padella ____________________
2. pentola ____________________
3. teglia ____________________
4. casseruola ____________________
5. terrina ____________________

"La polenta? Tua nonna era bravissima a cucinarla! L'hai fatta tenera o dura?"
"Ho usato 250 grammi di farina gialla per mezzo litro di acqua. È venuta forse un po' troppo dura, però. Sembra un sasso!"
"Hai portato a ebollizione l'acqua, hai aggiunto il sale e la farina poco alla volta, iniziando a mescolare con un mestolo di legno?"
"Sì, ma si sono formati dei grumi…"
"Perché non si formino devi mescolare velocemente e, mi raccomando, aggiungi solo acqua bollente se la vuoi più tenera…"
"Come faccio a sapere quando è pronta?"
"Si deve formare una crosta in fondo alla padella dopo circa mezz'ora o quaranta minuti."
"Grazie ancora, mamma! Sei sempre la migliore!"
"Di niente! Buona fortuna, piuttosto! E salutami la tua fidanzata… Sai che spero di diventare presto nonna!"
"Mamma!"

"Va bene, va bene… Come non detto! Passa una buona serata. Un bacio anche da papà!"
Lombardo riattaccò. Si domandò come mai, ogni volta che parlava con sua madre, si sentiva come travolto da un vortice senza fine. Pensò che essere andato a vivere da solo era una delle decisioni migliori che avesse mai preso in vita sua.

ÜBUNG 20 !

Übung 20: Kochen Sie ein typisch venezianisches Gericht! Welche Wörter sind im Rezept falsch geschrieben?

Fegato alla veneziana (per 4 persone)
Ingredienti:
400 g di fagato meglio se ti vitallo
4 – 5 cipolle
2 cucchiai di olio di uliva
sale
1 limone

Preparazione:
Affettare finissime le cipotte e metterle a rosolare nell'olio finché diventino bionde (attenzione a non farle bruciare!). Mettere il fegato tagliato a fetine sottili nella taglia con le cipolle e cuocere a fuoco vivo prima da una parte e poi dall'altra per non piú di 4 – 5 minuti in tutto. Salare alla fine, perché potrebbe indurirsi il fegato. Servire guarnito, se si vuole, con specchi di limone.

Rosa si pentì di aver preso il vaporetto della Linea 1, quello più lento, che faceva tutte le fermate e arrivava fino al Lido. Non era stata una buona idea, perché era pieno di gente che andava al Festival. Rosa aveva già riconosciuto qualche fan scatenato.

Übung 21: Kochen Sie Polenta nach Art von signora Pierina: Lombardo's Mutter! Ordnen Sie die Buchstaben in der Klammer und bilden Sie ein sinnvolles Wort!

Ingredienti:

mezzo kg di farina di (1. saim) ______

1 litro e mezzo di acqua

10 g di (2. eals) ______ grosso

Preparazione:

Mettere sul (3. ocuof) ______ la pentola o il paiolo con l'acqua da portare a ebollizione. Aggiungere il sale, (4. serarve) ______ la farina a pioggia (cioè poco alla volta). Iniziare a mescolare con una speciale frusta o con un cucchiaio di (5. gnole) ______. Mescolare velocemente per impedire che si formino (6. rugmi) ______. Continuare sempre così fino a cottura ultimata (di solito da mezz'ora a quaranta minuti), quando sul fondo si forma una (7. rocast) ______.

Se si vuole verso fine cottura si può aggiungere un buon cucchiaio di olio d'oliva extravergine. Quando la polenta è pronta, per farla staccare bene si lascia un attimo sul fuoco e si rovescia poi subito su un (8. legireta) ______ di legno.

Se la si vuole più morbida bisogna aggiungere acqua, ma si deve stare attenti che sia acqua bollente!

C'era un gruppetto di ragazze davvero carine che per l'agitazione non riuscivano a stare ferme, provocando abbastanza confusione tra la gente stipata in piedi fuori dalla cabina.

Parlavano di George Brandly, chiamandolo per nome quasi fosse un loro amico. Con la loro euforia avevano addirittura provocato la reazione del guidatore del vaporetto, anche lui un bel ragazzone dalla pelle abbronzata e dagli occhi azzurri.

"Ma ragazze, siete davvero sicure che non sia meglio io? In fondo io sono qui, mentre lui nemmeno vi guarderà..." aveva osato dire.

"Magari hai ragione, ma io almeno ci voglio provare. Sono venuta fin qui da Roma, non ho nemmeno dormito in treno per l'agitazione!" gli aveva risposto una biondina con dei grandi occhi castani.

"Comunque io sono Vilù. Vilù come Vittoria" aveva poi aggiunto con uno sguardo abbastanza provocante.

"Io sono Roberto. Non sarò come George, ma sono davvero simpatico! Te l'assicuro! Provare per credere!"

Il giovanotto fu interrotto dal suo collega, che intanto si era fatto largo tra la ressa per controllare i biglietti e che lanciò un'occhiata più che interessata al prorompente decolleté della giovane.

"Roberto, ma cosa fai? Pensa a guidare! Per poco non urti quella gondola piena di turisti giapponesi! Vai poi a spiegare loro cosa succede! Il gondoliere ci ha già lanciato un'occhiataccia... Hai piuttosto da cambiare? Ho trovato un paio di persone senza biglietto e ho dovuto far loro la multa... Sempre così durante il Festival! Non vedo già l'ora che finisca!"

"Ma dai... Non fare il solito antipatico!"

! ÜBUNG 22

Übung 22: Beantworten Sie folgende Fragen zum Text!

1. Da dove viene la fan di George? ____________
2. Come si chiama? ____________
3. Come si chiama invece il guidatore del vaporetto? ____________

4. Di che colore ha gli occhi? ______________

5. Di che nazionalità sono i turisti che il vaporetto stava per urtare?

____

Il vaporetto sbatté contro il molo durante la manovra di attracco e Rosa perse quasi l'equilibrio. Proseguì diritta fino all'*Harry's Bar*, che si trovava proprio di fronte alla fermata.

Übung 23: Lesen Sie weiter und ordnen Sie die Buchstaben in den Klammern zu sinnvollen Wörtern!

Non appena entrò le venne subito incontro il (1. meriecare) ______________ Ferruccio, che al momento si trovava al bar.

"Rosa, che piacere rivederla! È un po' di tempo che non ci si vede… Quando è stata l'ultima (2. ltavo) ______________

"Dal furto di quella coppia di vecchietti (3. rimceania) ______________ che parevano così innocenti…"

"È vero, erano riusciti ad accumulare un debito di 1.000 euro pagando con la carta di credito falsa, ma per (4. atorunf) ______________ Lei li ritrovò…"

"Non fu difficile, si erano rifugiati a Murano."

"È vero, lei era una patita del vetro. Da veneziana anche Lei sa che Murano è famosa per il vetro, Burano per i pizzi e i (5. telrtmie) ______________ e Torcello per la sua bella basilica e per la nostra

Locanda Cipriani. Lo sanno anche i muri a Venezia… A proposito, sa chi è ospite della nostra *Locanda* in questi giorni? Tom Crose, quella famosa star hollywoodiana…"

"Anche lui qui per il Festival, immagino… È un incubo in questi giorni! Tutti parlano delle star! Ma mi racconti del vostro (6. rlebampo) ________. È sparito il cuoco?"

"Rosa, mi dispiace averla disturbata per nulla… Mi ero spaventato perché non si era fatto vivo per un paio di giorni e non rispondeva né al telefono di casa né al numero di (7. ullalerce) ________. Marietto è giovane e non è sposato, quindi avevo magari già immaginato che si fosse perso con qualche turista. Come spesso succede… In fondo è un bel ragazzo!"

"E invece?"

"Invece si è fatto vivo ieri sera. Mi ha spiegato che era stato impegnato, reclutato pare da una star americana che ha deciso di venire qui a mangiare domani sera insieme ad altri suoi (8. caimi) ________. Ha voluto che preparasse un menu veneziano su sua ricetta! Sa, questi attori sono alquanto stravaganti!"

"Ancora americani famosi all'*Harry's Bar*. Non è una novità…"

"No, come sa, Rosa, c'è chi ancora racconta di quando Hemingway veniva qui a ubriacarsi e con lui tanti divi di Hollywood… Del resto le cose qui, da quando Giuseppe Cipriani nel 1931 fondò l'*Harry's Bar* e nel 1934 la *Locanda Cipriani* non sono molto cambiate… Come sa, puntiamo sulla tradizione per consuetudine di famiglia!"

"Chi è oggi il gestore della *Locanda* a Torcello?"
"Come, non lo sa? Bonifacio Brass, il figlio di Carla (la figlia di Giuseppe) e del regista Tinto Brass, quello conosciuto per i suoi film erotici… Il figlio Arrigo è invece il patron dell'*Harry's Bar*."
"Caspiterina!! Noto adesso che sono le sette passate, devo proprio scappare!"
"Un appuntamento galante?"
"Ma no, si tratta di un amico…"
"Peccato, Rosa. Lei lavora troppo. Una bella donna come Lei ha bisogno di divertirsi. Si ricordi che si vive una volta sola! Per sua informazione, anch'io sono sempre disponibile…"
"Ma Ferruccio… Lei è sposato!"
"E che importa? Sono un uomo generoso io! Il mio cuore non può essere di una donna sola!"
"Ferruccio. Se non la conoscessi da diversi anni mi preoccuperei. Ma so che scherza! Buona serata!"
"Buona serata a Lei, Rosa!"

Übung 24: Beantworten Sie die Fragen zum Text!

ÜBUNG 24 !

1. Quando è stato fondato l'*Harry's Bar*? ______________
2. Chi lo fondò? ______________
3. Come si chiamava il famoso scrittore americano che vi andava spesso? ____________________
4. Quando è stata aperta invece la *Locanda Cipriani*? __________
5. Dove si trova? ______________
6. Che lavoro fa Tinto Brass? ______________

7. Come si chiama l'attuale proprietario dell'*Harry's Bar*?

____

8. Qual è l'isola della laguna veneziana famosa per il vetro?

____

9. E qual è l'isola conosciuta per i pizzi e i merletti?

____

Lombardo alla fine si era deciso a preparare anche gli spaghetti al nero di seppia come primo.
Rosa sarebbe rimasta di sicuro impressionata, ma come mai non arrivava? Era in ritardo.
A un certo punto sentì dei passi lungo la calle. Dopo un po' bussarono alla porta.
"Rosa, finalmente!"
"Scusami, Ludovico, ma sono passata prima da Giuseppe… Volevo controllare che avesse mangiato!"
"Giuseppe? Chi è? Un tuo nuovo amico?"
"Ma no, il gatto! Non ricordi?"
"Ah, *quel* Giuseppe! Vieni di là. Ho apparecchiato la tavola proprio un minuto fa."
"Addirittura le candele… Ma non dovevi disturbarti!"
"Per una volta che ti invito, lasciami fare!"
"Preferisci vino bianco o rosso?"
"Vino bianco, è sempre il mio preferito, in particolare se è Verduzzo."
"Guarda caso, ho proprio una bottiglia di ottimo Verduzzo trevigiano…"
"Cosa c'è di buono?"
"Spaghetti al nero di seppia e fegato alla veneziana!"
"Che buono!"

Übung 25: Wie lautet das Gegenteil? Verbinden Sie!

ÜBUNG 25 !

1. riuscire	a) sparecchiare
2. fare	b) dispiacere
3. mangiare	c) essere indifferente
4. apparecchiare	d) digiunare
5. piacere	e) fallire
6. essere interessato	f) disfare

Lombardo fece accomodare al tavolo Rosa, mise un sottofondo di musica classica, un pezzo di Vivaldi, il suo preferito.
Andò poi in cucina per scolare la pasta.

Übung 26: Wählen Sie die richtige Beschreibung zu den sechs Nudelarten!

ÜBUNG 26 !

1. spaghetti	a) lunghi fili di pasta piatti
2. maccheroni	b) lunghi fili di pasta col buco
3. penne	c) pasta corta a forma di tubo tagliato
4. fettuccine	d) tipo di spaghetti più grossi e corti
5. bucatini	e) pasta corta di forma rettangolare e leggermente a punta
6. bigoli	f) lunghi fili di pasta

Tornò con due piatti di spaghetti fumanti e si sedette al tavolo di fronte a Rosa.
"Sei più bella del solito, oggi!" si lasciò scappare.
Rosa abbassò gli occhi, alquanto intimidita, ma compiaciuta.
Non le dispiaceva Lombardo come uomo, ma preferì cambiare argomento.

"Questi spaghetti sono ottimi, cosa ci hai messo?" osò dire, mentre arrotolava intorno alla forchetta l'ultimo mucchietto.
"Ne vuoi ancora?"
"Magari! Le seppie sono tenerissime! Hai l'abilità di un vero chef, Lombardo! Sei un uomo da sposare!"
A queste parole Lombardo sussultò sulla sedia.

ÜBUNG 27 !

Übung 27: Setzen Sie die Buchstaben in Klammern zu sinnvollen Wörtern zusammen!

Spaghetti al nero di seppia (per 4 persone)
Ingredienti:
400 g di spaghetti
500 g di seppie (1. echesrf) ________________
1 cipolla
1 spicchio d'aglio
300 g di pomodori
(2. ozporezeml) ________________
olio
sale
pepe

Preparazione:

Pulire le seppie e conservare le vescichette con l'(3. hniostirco) ________________. Lavarle sotto l'acqua corrente, asciugarle leggermente con un panno, togliere i tentacoli e tagliare le sacche a (4. isciroslinte) ________________ molto sottili. Bollire i pomodori leggermente, togliere la buccia e i semi e tagliarli a pezzettini sottili. Riscaldare l'olio in una (5. daelpla) __________ e scottarvi la cipolla con l'aglio, dopo averli tritati su un (6. atlegire) __________ con la mezzaluna. Unirvi poi le seppie e fare rosolare a fiamma abbastanza alta per qualche minuto, mescolando, perché non si attacchino alla padella. Quando il tutto diventa uniforme versare i (7. omporodi) ______________, salare e pepare e dopo pochi minuti unire le vescichette con l'inchiostro. Cucinare a fuoco lento finché le seppie non diventano tenere. Cuocere gli spaghetti al (8. tende) __________, condirli col sugo e spolverarli con le foglie di prezzemolo tritato.

Rosa e Ludovico si raccontarono le rispettive giornate, quella di lui all'università e in biblioteca come al solito, quella di lei al commissariato e poi all'*Harry's Bar*.
"Sono stato proprio ieri all'*Harry's* a prendere un Bellini come aperitivo e un piatto di carpaccio. Sai che il Bellini è stato proprio inventato dai Cipriani?"
"Anch'io ho provato a prepararlo più di una volta, anche se non mi è mai venuto uguale al loro. Si dice che consista di succo di pesca mescolato a prosecco, ma la ricetta è segreta e nessuno sa esattamente cosa ci sia dentro."
"So solo che ieri mi ha dato quasi subito alla testa… Per questo ho preferito mangiarci qualcosa insieme."
"A proposito, questo vino è davvero buonissimo, ma mi pare che sia un po' troppo forte. Mi sento abbastanza strana, Ludovico!"
"Rosa, non preoccuparti, anche se ti lasci andare una volta non succede nulla…"

Übung 28: Setzen Sie die Wörter in die passende Lücke!
(bianco – assaggiare – dolce – botti – versarti – uva – frizzante – grandi)

1. Il vino si conserva nelle ________________.
2. Preferisci il vino rosso o ________________?
3. Lo spumante può essere secco o ________________.
4. Posso ________________ un bicchiere di vino?
5. Il Lambrusco è un vino ________________.
6. Il vino si ricava dall'________________.
7. Posso ________________ questo vino?
8. I bicchieri ________________ servono per l'acqua, quelli più piccoli per il vino.

"Caspita! Mi accorgo ora che sono le nove passate. È meglio che ci sbrighiamo se vogliamo arrivare in tempo al film!"
"Hai ragione, mi stavo dimenticando del film…"
"Come ti stavi dimenticando! Ma se è da giorni che ne parli e hai fatto tanto per avere i biglietti! Hai dovuto metterti in coda alle otto di mattina! Ti aiuto con i piatti, così facciamo prima…"
"Avevo anche preparato la crema alla veneziana per dessert…"
"Magari un'altra volta… Adesso dobbiamo andare!"
"Lascia stare, ai piatti ci penso io dopo… Infilati la giacca, che siamo già in ritardo."
Lombardo e Rosa scesero le scale e si avviarono alla fermata del vaporetto più vicina.

Übung 29: Was passt zusammen? Verbinden Sie!

ÜBUNG 29 !

1. Un succo di…	a) sale
2. Uno spicchio di…	b) melograno
3. Un gambo di…	c) insalata
4. Un acino di…	d) sedano
5. Un pizzico di…	e) aglio
6. Un chicco di…	f) uva
7. Un cespo di…	g) pepe
8. Un granino di…	h) pesca

Il buio rendeva Venezia ancora più magica. Le case che si affacciavano sul canale si illuminavano di lievi lucine che si riflettevano nell'acqua. L'imbarcazione procedeva lenta verso la Punta della Dogana e Piazza San Marco, entrambe immerse in un'atmosfera rarefatta e senza tempo.
Ludovico guardò Rosa e lei gli sorrise.
Pensò che mai il momento avrebbe potuto essere più perfetto.

Übung 30: Lesen Sie weiter und unterstreichen Sie die Adjektive!

ÜBUNG 30 !

Rosa stava in silenzio. C'era qualcosa che la inquietava. Si era sempre fidata del suo istinto e aveva come la sensazione che di lì a poco qualcosa sarebbe accaduto.
I consigli culinari e la gentilezza di Lombardo erano serviti a ben poco. In cuor suo c'era un'inquietudine difficile da scacciare.
"A cosa pensi?" le chiese Lombardo risvegliandola dai suoi pensieri.
"A niente…"
"Come a niente?"

"È solo che da stamane ho una sensazione strana. Non so, come se qualcosa di orribile dovesse accadere da un momento all'altro. Venezia a volte sa essere anche tremendamente minacciosa. La maggior parte delle persone crede che sia una delle città più romantiche del mondo, ma c'è chi pensa che venirvi in coppia porti addirittura male… È questo suo fascino bellissimo e inquietante che la rende così magica e misteriosa, come nessun luogo al mondo…"

"Rosa, siamo in vena di malinconia, stasera! Non ti ho mai sentita parlare così!"
"È solo che sono un po' stanca, probabilmente. Sono sicura che il film mi tirerà su! Di cosa parla?"

ÜBUNG 31

Übung 31: Lesen Sie weiter und unterstreichen Sie die Adverbien!

"È una storia d'amore, ambientata in un caldo settembre in Costa Azzurra. Una donna è sposata con un uomo con cui crede di essere perfettamente felice, finché un lontano amico d'infanzia viene a trovarli nella loro villa sul mare."
"Succede quello che penso?"
"Non era chiaro nella recensione del *Gazzettino*, ma immagino che la donna si innamorerà di questo nuovo uomo, che oltretutto non pare essere una persona affidabile, ma avventuriero."
"Noi donne in fondo amiamo il rischio…"
"Non tutte le donne, ma tu sì, vero Rosa?"
Rosa non rispose.

In lontananza si scorgevano già le forme delle case del Lido, di fronte Rosa fissava i Giardini della Biennale.
"Quando ho bisogno di pensare, vengo sempre qui a passeggiare.

Mi rilassa tutto questo verde a Venezia. In fondo la nostra città è fatta di acqua e pietra e i più bei giardini sono segreti, celati dietro alte mura e cancellate."

"Hai mai pensato di andartene da Venezia?"

"Non saprei immaginare di vivere in un altro posto. E tu?"

"Anch'io."

"Che dici, hai voglia di un gelato? Scendiamo a Santa Maria Elisabetta e facciamo il vialone fino alla spiaggia e all'*Hotel De Bain*. Se siamo stanchi prendiamo poi l'autobus, altrimenti arriviamo a piedi fino al Palazzo del Cinema."

"Per me va bene, è una bella serata e poi mi fa sempre piacere camminare con te. Sono le 21.30, quindi abbiamo ancora un po' di tempo."

Übung 32: Setzen Sie das Verb in Klammern in die richtige Form im Präsens ein!

! ÜBUNG 32

1. Tu ________________ (avere voglia) di un gelato?
2. So che Lucia ____________ (preferire) la coppetta al cono.
3. Qual ________ (essere) il tuo gusto preferito?
4. A volte mi ________ (venire) una voglia terribile di crema, ma mi __________ (piacere) anche molto la stracciatella.
5. Nella coppa amarena Sibilla __________ (chiedere) sempre di avere molte ciliegie.

Quell'anno c'era davvero tanta gente al Festival.

Fuori dal Palazzo del Cinema c'era un piccolo gruppo di fan tra un andirivieni di auto blindate e di body guard che tenevano lontani i più curiosi, anche se la maggior parte della folla si raccoglieva nella zona di ristoro vicino al Casinò. C'erano padiglioni, ma anche baretti che improvvisavano musica a tutto volume.

! ÜBUNG 33

Übung 33: Setzen Sie das passende Wort in die Lücken!
(direttore della fotografia – regista – attori – stella del cinema – controfigure – produttore – divo – comparse)

1. I protagonisti di un film si chiamano _______________.
2. Colui che dirige il film si chiama _______________.
3. Chi produce il film è il _______________.
4. Coloro che prendono il posto di un attore protagonista si dicono _______________.
5. Gli attori che compaiono solo per breve tempo nel film sono le _______________.
6. Il tecnico che si occupa della fotografia si chiama ___________.
7. Un attore famoso diventa un _______________.
8. La star in italiano si può dire anche _______________.

Davanti al tappeto rosso su cui sfilavano le star si era già assiepata una grande folla.
"George! Linda!" urlavano.
"Eccolo finalmente il tanto desiderato George" pensò Rosa tra sé. Lombardo però la tirava per il braccio e le fece presente che dovevano affrettarsi se non volevano trovare troppo caos all'entrata.

"Gli attori non entrano con noi, ma dopo aver fatto la passerella!" protestò Rosa, curiosa di vedere la scena.
Seguì però Lombardo, anche se lanciò un'ultima occhiata. Ebbe il tempo di vedere George Brandly fermarsi davanti a un paio di ragazze e firmare un autografo.
I fotografi intanto sembravano impazziti. Era tutto uno scattare di flash e di macchine fotografiche.
Dietro George e Linda, bellissima in un vestito rosso che le segnava i contorni del seno, notò un giovane dall'aspetto altrettanto prestante, anche se un po' più dimesso. A differenza degli altri due attori non si concesse tanto ai fan e ai flash, se non per abbracciare George in una foto di gruppo.

Übung 34: Korrigieren Sie die Partizipien und schreiben Sie die richtige grammatikalische Form auf!

ÜBUNG 34 !

1. Le star sono sfilote sul tappeto rosso. ________________
2. I fotografi hanno fotografata Linda e George. ________________
3. George si è fermata davanti a un paio di ragazze. ________________
4. George è firmato un autografo. ________________
5. Linda e George hanno andati via. ________________
6. Christopher ha abbrocciato George. ________________

George, Linda e Christopher, insieme al regista e al produttore, entrarono trionfanti nella sala. Prima di prendere posto nelle poltrone a loro riservate salutarono il pubblico.

Linda si accomodò tra Christopher e George e prima che la proiezione cominciasse lanciò uno sguardo d'intesa al regista.
"Ma è sicuro lasciare che i divi siedano tra il pubblico, senza alcun controllo?"domandò Rosa quasi d'istinto.
"C'è il personale della sicurezza e poi ci sarà anche qualche poliziotto in borghese in sala."
"Hai ragione. Scusa, è deformazione professionale…"
Le luci si abbassarono e cominciarono a partire i titoli di testa sullo sfondo di un incantevole mare azzurro, mentre uno yacht si profilava all'orizzonte.
La telecamera fece un primo piano sul volto di George e di Linda in abiti bianchi da mare.
Rosa fissò lo schermo e cercò di dimenticare l'ansia che l'aveva tormentata per tutta la sera, nonostante il piacere della compagnia di Lombardo.

ÜBUNG 35 !

Übung 35: Welche Wörter passen zusammen? Verbinden Sie!

1. prendere	a) l'ancora
2. gettare	b) il mare aperto
3. sventolare	c) il timone
4. virare	d) a mare
5. alzare	e) la bandiera
6. buttare	f) sotto coperta
7. andare	g) la vela

"Ti è piaciuto il film?" chiese Lombardo mentre si stavano alzando.
In sala la gente faceva ressa intorno alle star, che si stavano allontanando velocemente, protette dal personale della sicurezza.

"Mi aspettavo di più, ma comunque non è stato male. Come si chiama l'attore che faceva l'antagonista di George?"
"Christopher Damon! Dicono che siano grandi amici nella vita!"
"Nel complesso, comunque, il film mi è piaciuto. La fotografia era bellissima."

Übung 36: Welche Wörter passen zusammen? Unterstreichen Sie!

ÜBUNG 36 !

1. gondola	squero	cantiere
2. vaporetto	sedile	fermata
3. fondamenta	strada	canale
4. campo	piazza	campiello
5. Piazza San Marco	acqua	piccioni
6. Ponte dei Sospiri	prigione	gondola
7. Lido	piante	isola
8. Festival del Cinema	bar	film

Rosa e Lombardo uscirono e si ritrovarono nella calda notte veneziana. Soffiava un leggero e fresco venticello che preannunciava già l'arrivo dell'autunno.
Lombardo divenne particolarmente loquace sul vaporetto che li riportava a Venezia. Le raccontò ancora della sua passione per la cucina e per le ricette veneziane, dato che gli pareva che Rosa avesse dimostrato interesse per l'argomento. Le sue parole echeggiavano tra le solitarie calli, su cui era sceso un leggerissimo velo di nebbia. Gli piaceva parlare con Rosa e poi era contento di riuscire a farla ridere. Si era un po' preoccupato per lei quel giorno, perché gli pareva che fosse leggermente triste.

Arrivati davanti alla porta di casa, Rosa gli diede un bacio sulla guancia.
"Grazie per la splendida serata, Ludovico, e per la cena. Sono stata davvero molto bene!"
"Grazie a te! Allora ci vediamo domani?"
"Credo di sì, ma sentiamoci al telefono per sicurezza. Sai, con il mio lavoro non si sa mai…"
"Va bene. Buonanotte!"
"Buonanotte a te! E ancora grazie!"
Ludovico osservò la figura di Rosa sparire su per le scale.

ÜBUNG 37 !

Übung 37: Hängen Sie die Pronomen an das Verb an!

1. Posso telefonare a te domani? *telefonarti*
2. Sentiamo (noi) al telefono per sicurezza! ____________
3. Devo ricordare a me di invitare te a cena entro la settimana.

   ____
4. Bisogna sentire lui per avere una conferma. ____________
5. Posso parlare a voi domani. ____________

L'indomani la giornata di Rosa passò molto lentamente.
Andò al commissariato e le diedero pratiche burocratiche da sbrigare.
"Come si fa a dare la multa a dei turisti in calzoncini?" si chiese ad alta voce, mentre passava in rassegna le contravvenzioni della giornata.
"Se ne stavano sdraiati a mangiare un panino proprio all'entrata della Chiesa della Madonna della Salute. Quando mi sono avvicinato hanno fatto finta di non capire…" le disse Rodolfo, un collega.

"Ma non ti è venuto in mente che magari non capivano la nostra lingua?"

"Erano davvero indisponenti, te l'assicuro… E poi, che c'è? Una donna come te, a cui di solito affidano i casi più difficili da risolvere, non si sente degna di passare in rassegna per una volta anche le cose più burocratiche? Pensa che io lo faccio ogni giorno… E sono un uomo!"

Rosa non aveva mai sopportato Rodolfo. Era sicura che la invidiasse molto. Soprattutto dopo quella volta che lei aveva scoperto il vero assassino di una turista svedese. Tutti pensavano che fosse stato il marito geloso, che sosteneva di essere rimasto all'*Hotel Monaco* tutta la giornata ma non aveva testimoni. Rosa aveva scoperto che era stato un gondoliere con cui Eva, la ragazza svedese, aveva avuto un'avventura.

Da allora Rodolfo, che pensava di avere risolto da solo il caso, la odiava, anche perché, avendo rischiato di far finire in prigione un innocente, in seguito era stato relegato dietro una scrivania.

Incredibile comunque, ma quello fu l'episodio più movimentato dell'intera mattinata.

Übung 38: Ersetzen Sie folgende Adverbien durch eine Präposition in Kombination mit einem Substantiv!

1. lentamente *con lentezza*
2. sinceramente ____________
3. affettuosamente ____________
4. improvvisamente ____________
5. personalmente ____________

6. generalmente ____________________

7. attentamente ____________________

Per la pausa pranzo Rosa decise di andare ai *Do Mori*, un tipico *bàcaro* veneziano.
Il piatto del giorno era una caratteristica pietanza veneziana: "Risi e Bisi."
Si fece portare il primo insieme a qualche *cicheto*, un crostino di pane ricoperto di crema di baccalà e un altro con sopra un grosso pezzo di salame piccante e un'oliva.
"Vuole anche un'*ombra*?" le chiese il cameriere.
"Sì, magari un bicchiere di vino bianco!"
C'era molto movimento quel giorno, ma Rosa notò subito due facce più familiari delle altre.
George stava scherzando a un tavolo con quell'altro attore... Come si chiamava? Ah, sì! Christoper Damon. Lombardo le aveva detto che dovevano essere amici.
Così sembrava, infatti. Si stavano divertendo molto, ridevano e alzavano anche il tono della voce. Magari erano anche già un po' brilli...

La cameriera si avvicinò abbastanza indifferente, forse abituata ad avere qualche star come cliente.
Una donna invece la seguì e da dietro le sue spalle chiese un autografo, solo a George, però. Lui reagì con prontezza. Dato che lei aveva la penna e non la carta, afferrò subito il tovagliolo e firmò, mostrando un sorriso a trentadue denti.
"Che seccatura deve essere, però, non avere un attimo di pace..." pensò Rosa.
Subito dopo tornò al commissariato.

Übung 39: Ergänzen Sie das Rezept mit den passenden Wörtern!
(cucchiai – prezzemolo – riso – unire – grattugiato – piselli – sgranare – pancetta)

ÜBUNG 39 !

Risi e Bisi (ricetta per 4 persone)
Ingredienti:

1 kg di (1.) __________ freschi, 200 g di riso, 60 g di burro, 50 g di pancetta, 40 g di (2.) ______________, olio extravergine d'oliva, 1,2 l di brodo, parmigiano (3.) _________________, un cipollotto, sale e pepe

Preparazione:

(4.) ___________ i piselli e lavarli bene. Lavare e tritare il prezzemolo. Scaldare in una pentola il brodo. Preparare il soffritto mettendo in una casseruola (5.) _____________ tritata, metà del burro, due (6.) ______________ di olio, il prezzemolo tritato e il cipollotto affettato. Soffriggere per qualche minuto, poi (7.) _____________ i piselli e lasciarli stufare, aggiungendo qualche cucchiaiata di brodo. Versare nella pentola il brodo bollente e, quando comincia a bollire, aggiungere il (8.) ___________ e farlo cuocere, mescolando spesso. Cinque minuti prima di togliere il tutto dal fuoco assaggiare e aggiungere, a piacere, sale e pepe, unire il burro e tre cucchiaiate di parmigiano grattugiato.

Quella sera Rosa e Lombardo si incontrarono di nuovo, ma stavolta a casa di lei.
Lui le telefonò nel primo pomeriggio per chiederle se era libera e così decisero di incontrarsi verso le 21, perché lui doveva prima passare alla Biblioteca Marciana per finire una ricerca.
"Allora, ti piace la mia crema alla veneziana?" le domandò Lombardo.
"Come l'hai preparata?"
"Ho dovuto rifarla oggi, perché deve essere fresca per essere buona. Come ingredienti devi usare per due persone tre uova, 100 grammi di zucchero, 125 grammi di farina, mezzo litro di latte, mezza scorza di limone, olio, pangrattato e zucchero vanigliato. Devi prima lavorare in una casseruola i due tuorli d'uovo con lo zucchero, di modo che montino per bene. Bisogna aggiungere a poco a poco la farina finché non si forma un composto che si scioglie nel latte bollito, mescolando, cuocendo e badando che non si formino grumi. Si aggiunge poi la scorza di limone finché il tutto non diventa più denso. Si versa infine il composto possibilmente su una superficie di marmo unta d'olio, altrimenti va bene anche un contenitore."
"Fammi continuare: aspetti che la crema si sia raffreddata e la tagli con un coltello. Sbatti poi con la forchetta il resto dell'uovo, passi le strisce di crema prima nell'uovo e poi nel pangrattato e le friggi nell'olio bollente. La crema fritta si serve calda, spolverata con un sottile strato di zucchero vanigliato!"
"Infatti! Per fortuna siamo vicini di casa, altrimenti avrei dovuto friggerla qui da te! Ma insomma, ti piace?"
"È davvero ottima!"
"Lo erano anche i tuoi spaghetti. Sono a base di scampi e pomodoro, mi pare si chiamino… alla buzara! Anche tu sei una bravissima cuoca!"
"Ho letto oggi tra le ricette che mi ha lasciato mia nonna che è addirittura un piatto che ha origini dalmaziane. Infatti la cucina

veneziana è sempre stata influenzata da sapori esotici, essendo da sempre i veneziani grandi viaggiatori e commercianti. Già nella Venezia del Settecento si viveva benissimo e i piaceri della tavola facevano parte di quello stile di vita e di quello spirito raffinato che fece dare alla nostra città il nome di Serenissima. Secondo me le cose non sono molto cambiate neanche oggi. Siamo davvero fortunati a vivere in una città come questa!"

Le voci e le risate di Rosa e Lombardo si confondevano nella notte.

Giuseppe sonnecchiava su una poltrona e li osservava sornione.

Era quasi mezzanotte e nelle calli cominciava a diffondersi il silenzio totale, interrotto solo dal fruscio dell'acqua all'incedere di una barca lungo il canale.

Lombardo si fece più vicino a Rosa, che gli sorrideva, e avvicinò la sua mano a quella di lei…

In quel momento fu però interrotto bruscamente dallo squillo del telefono.

Rosa scattò d'istinto in piedi e andò a rispondere.

"Sono a casa, sì… Cosa è successo? Dove? Siete sicuri che sia proprio lui? Cerco di essere lì tra cinque minuti… Mi raccomando, non toccate niente fino al mio arrivo!"

Rosa riattaccò e cercò veloce la borsa.

Lombardo si alzò. Dal viso sconvolto e arrossato di Rosa, capì che era accaduto qualcosa di brutto.

"Cosa succede?" mormorò temendo già il peggio.

"Hanno trovato il cadavere di George Brandly con un pugnale conficcato nella schiena. Stava galleggiando di fronte alle Zattere, nei pressi del Consolato francese."

"Sono davvero sicuri che sia lui? Non si tratta magari di qualcuno che gli somiglia?"

"Non so, ma il collega mi pareva abbastanza sicuro… Mi dispiace, ma devo correre, Lombardo!"

"Vengo con te, magari ti posso essere d'aiuto!"
Rosa, prima di uscire, controllò di avere la pistola nella borsa. Fece poi una carezza sulla testa di Giuseppe e chiuse dietro di sé la porta.
Lombardo l'aspettava già ai piedi delle scale.

ÜBUNG 40 !

Übung 40: Welche Körperteile sind gemeint? Setzen Sie ein!

1. Era stato seduto tutto il giorno in ufficio. Si fece fare un massaggio alla ________________.
2. Si asciugò col tovagliolo la ________________.
3. Le forti emozioni fanno battere il ________________.
4. I pensieri sono regolati dal ________________.
5. Dopo aver corso a lungo aveva i ________________ che le facevano male.
6. Prima di andare via le strinse la ________________.
7. Con quel nuovo reggiseno a balconcino le si vedeva proprio tutto il ____________ spuntare dalla camicetta.
8. Giocando a calcio si era fatto male al ________________.
9. Scendendo dall'autobus si storse la ________________.
10. Il nuoto aumenta il volume delle ________________.

Rosa e Lombardo arrivarono velocemente a Campo Santo Stefano. Lo percorsero in un attimo, risalirono gli scalini del Ponte dell'Accademia e camminarono senza sosta fino alle Zattere.

Rosa notò dall'alto del Ponte dell'Accademia la luna, che con la sua luce fioca ma diffusa rischiarava la notte e il Canal Grande, fino alla Chiesa della Salute e alla Punta della Dogana.
Non ricordava da tempo una notte così bella. Ripensò, con dispiacere, al suo presentimento.

Übung 41: Was passt zusammen? Verbinden Sie!

1. scala	a) vino
2. acquario	b) vaporetto
3. campo	c) pesci
4. tabaccaio	d) scalini
5. Piazza San Marco	e) monumento
6. canale	f) piccioni
7. bàcaro	g) sigarette

Rosa e Lombardo notarono già da lontano un gruppetto di gente nel tratto di canale antistante il Consolato francese.
"Chi l'ha trovato?" chiese d'istinto Lombardo.
"Pare che sia stata una coppia di innamorati. Si erano appartati su una panchina. Si stavano baciando, quando lei ha notato qualcosa di strano nell'acqua. Un momento dopo stava urlando disperata… Il fidanzato l'ha fatta allontanare e ha guardato meglio. Purtroppo si trattava proprio di un uomo… Allora hanno chiamato la polizia da una cabina telefonica sulle Zattere. Gli agenti sono arrivati una quindicina di minuti dopo"
"Guarda, ci siamo quasi… Vedo alcune persone là in fondo… C'è anche una ragazza che si tiene avvolta intorno alle spalle una coperta. Immagino sia la testimone."

Rosa non stava però ascoltando Lombardo. Era già immersa con i suoi pensieri nell'indagine.
Per un momento sperò in cuor suo che non si trattasse davvero di Brandly.

ÜBUNG 42

Übung 42: Können Sie auf Italienisch flirten? Übersetzen Sie!

1. baciare ________________
2. flirtare ________________
3. coccolare ________________
4. accarezzare ________________
5. fidanzarsi ________________
6. sposarsi ________________

Appena si avvicinò alla scena del delitto, le venne incontro un poliziotto molto giovane. Si vedeva che non aveva ancora molta esperienza.
"Commissario Nicoletti, finalmente! Siamo riusciti a trattenere i due ragazzi, ma con difficoltà, perché volevano andare a casa. Specialmente lei è sconvolta. Le abbiamo dato una coperta, perché sentiva freddo… È molto pallida, come può vedere…"
Rosa notò subito, sotto gli scalini di marmo che scendevano verso l'acqua, il cadavere di un uomo.
Non c'era dubbio. Dal fisico e dalla corporatura sembrava proprio George Brandly, anche se il viso era difficilmente riconoscibile.
Rosa pensò di interrogare velocemente i due ragazzi.

Si avvicinò loro, cercando di parlare con un tono di voce calmo e rassicurante. Dagli occhi della ragazza si notava che era molto spaventata.
Non scoprì nulla di nuovo, oltre a quello che le era stato già detto.

Übung 43: Setzen Sie die passenden Wörter in die Lücken!
(occhi – capelli – mani – bocca – cuore – collo)

1. Sono coinvolto. Ne sono dentro fin sopra il ______________.

2. Non ne posso più di quel lavoro! Ne ho fin sopra i ___________.

3. Quando l'ho visto, non potevo credere ai miei ____________.

4. Non ha potuto aiutarci. Se ne è lavato le ___________.

5. È meglio non mettere ______________ negli affari altrui.

6. Non è la persona giusta per lei. Ma non possiamo farci nulla.
   Lo sai anche tu, al ______________ non si comanda!

"Ludovico! Ludovico!" chiamò Rosa dopo l'interrogatorio.
"Che cosa c'è Rosa? Dimmi pure…" si avvicinò subito lui, con il volto altrettanto sconvolto.
"Ludovico, ho bisogno di una persona di fiducia. Ti devo chiedere un favore: potresti accompagnare a casa tu i ragazzi? Prima magari portate a casa insieme lei e poi tu riaccompagni lui."
Rosa accostò le labbra all'orecchio di Lombardo.
"Non credo ci sia pericolo, ma l'assassino potrebbe essere ancora in giro e non vorrei che pensasse che loro hanno visto qualcosa."
"Fidati di me, Rosa. Li riaccompagno e poi ti telefono per sentire se tutto è a posto."

"Grazie, mi dispiace coinvolgerti sempre nei miei casi."
"Non preoccuparti, è un piacere poterti aiutare. Mi dispiace solo per quel poveretto! Beh, cerca di trovare presto il suo assassino!"
"Farò del mio meglio, non dubitare!"

ÜBUNG 44 !

Übung 44: Welche Substantive und Verben gehören zusammen? Verbinden Sie!

1. persona	a) recitare
2. gondoliere	b) uccidere
3. cuoco	c) indagare
4. attore	d) remare
5. commissario	e) accompagnare
6. assassino	f) cucinare

Rosa non riuscì a chiudere occhio quella notte.
Si alzò molto presto e alle otto di mattina era già arrivata nella hall dell'*Hotel Excelsior*. In giro c'erano parecchi giornalisti che si affrettavano ad andare alle proiezioni dei primi film. Tutti avevano in mano un quotidiano con la notizia di George. Notò un certo nervosismo tra il personale dell'albergo.
"Sono il commissario Nicoletti" disse Rosa all'addetto alla hall, che sussultò alle sue parole. Vorrei parlare con il regista Sam Patterson, per favore."
"Adesso? Devo vedere se è in stanza… È molto presto…"
"Adesso: è una questione molto urgente, come può immaginare… Credo abbia letto anche Lei i giornali."
L'addetto si allontanò per fare la chiamata da un telefono nell'altra stanza. Tornò dopo un minuto.

"Il signor Patterson era sotto la doccia, per questo non ha risposto subito… Mi ha detto che può accomodarsi. L'attende nella camera 368. L'ascensore è là sulla destra."

Rosa si avviò verso l'ascensore. Notò una donna dal viso familiare seduta in uno dei salottini dell'ingresso. Le venne in mente chi era appena l'ascensore si chiuse, purtroppo.

Era la donna che aveva visto ai *Do Mori* chiedere l'autografo a George.

Si ripromise di interrogarla se fosse stata ancora lì al suo ritorno. Forse sapeva o aveva visto qualcosa. Questi fan hanno sempre l'abitudine di seguire le star.

Übung 45: Unterstreichen Sie die richtige Übersetzung!

1. Rosa non fece parola.
a) Rosa sprach mit niemanden.
b) Rosa sprach mit allen.

2. Rosa ha i nervi saldi.
a) Rosa hat starke Nerven.
b) Rosa hat keine Nerven.

3. Rosa ha la luna storta.
a) Rosa hat einen schiefen Mond gesehen.
b) Rosa hat schlechte Laune.

Rosa si affrettò verso la camera del regista. Aveva come la sensazione di dovere fare in fretta, prima che magari qualcun altro avesse il tempo di sgattaiolare via.

ÜBUNG 46 !

Übung 46: Lesen Sie weiter und unterstreichen Sie die Adjektive!

Bussò alla porta con decisione.
"Prego, *vieni aventi…*" abbozzò Patterson in un italiano imperfetto.
"*We can speak English… If it is better for you*" anticipò Rosa in un inglese dal pronunciato accento italiano, ma chiaramente comprensibile.
Decisero quindi di parlare in inglese, per rendere più facile l'interrogatorio.
Rosa si guardò intorno e notò subito che il regista non aveva passato la notte da solo.
Sul comodino c'erano due bicchieri. Su un altro tavolino si notavano un secchiello con del ghiaccio sciolto e una bottiglia di champagne. Nel portacenere c'era una sigaretta macchiata di rossetto rosso. Sulla poltrona una sciarpa di seta rossa era stata buttata di sbieco su un bracciolo.

Per il resto la suite, arredata con mobili antichi e in toni ocra, era abbastanza in ordine, a parte una camicia di seta nera per terra e un paio di pantaloni dello stesso colore con dentro una cintura di pelle slacciata.
Gli indizi davano l'idea di una notte abbastanza movimentata.
"Non sapevo che la polizia italiana fosse così efficiente e, soprattutto, così mattiniera… È venuta per il furto, vero?"
"Quale furto?"
"Ma sì, quello della collana che è sparita dalla mia cassaforte! L'ho acquistata ieri in una gioielleria di Piazza San Marco: una collana di rubini e diamanti per una mia amica. Ieri sera tardi, quando siamo tornati, l'ho nascosta in cassaforte. Nel bel mezzo della notte mi sono svegliato e non c'era più. Non capisco però quando è avvenuto il furto. Deve essere successo mentre dormivamo…"

"Sinceramente sono qui per qualcosa di molto più grave. Non ha sentito le notizie?"
"Quali notizie, scusi? Ieri sera tutta la troupe di *Amore a settembre* è stata a cena all'*Harry's Bar*. Alle 22 siamo andati via, quindi non tardi. Christopher aveva pensato di organizzare una serata americana con un menu tipico della gastronomia veneziana. Abbiamo alzato un po' il gomito... Per questo, in effetti, non ricordo con esattezza i fatti, ma sono sicuro di avere riposto la collana in cassaforte appena sono tornato nella mia stanza."
"C'era anche George con voi?"
"Certo. Era un po' ubriaco, ieri sera. Chissà dov'è finito..."
"Quando l'ha visto per l'ultima volta?"
"Lui e Christopher sono molto amici e volevano passare da soli una giornata a Venezia, in giro per *bàcari*. Li abbiamo incontrati verso le 20, davanti a San Marco, per andare insieme a mangiare. George è uscito con noi dall'*Harry's* dopo cena, ma poi è stato chiamato da una donna sul cellulare. Me ne ricordo, perché Linda si è abbastanza infastidita. Non si è capito bene di cosa si trattasse, ma ha detto che doveva vedersi con una persona e ci avrebbe raggiunto dopo. Può immaginare lo stupore di Linda, anche se era sicura che George lo faceva per tentare di ingelosirla. Non era la prima volta, in fondo. E poi George non è nuovo in fatto di sbronze. Una volta Linda l'ha visto sparire per due giorni interi a Los Angeles. È tornato a casa il terzo giorno, dopo che Linda aveva avvisato la polizia. Era ubriaco fradicio... Me ne ricordo perché mi chiamò disperata, quel giorno. George giustifica il suo bisogno di bere con il fatto che le cose tra lui e Linda non vanno più tanto bene, ma tutti sappiamo che ha un problema."
"È un alcolista?"
"Ha un problema... Christopher ha tentato di aiutarlo più volte, perché anche lui ha avuto lo stesso vizio, ma è riuscito a disintossi-

carsi in una clinica in Arizona, dove tra l'altro ha imparato pure a cucinare. Per questo apprezza tanto la buona gastronomia veneziana."
"Quando è stata allora l'ultima volta che avete visto George?"
"So che Christopher ha detto a George di non preoccuparsi e che avrebbe portato lui Linda a casa. E Linda ha detto a George di fare un po' quello che voleva, perché tanto a lei non importava... Noi tre abbiamo allora preso un taxi, un motoscafo per il Lido. Abbiamo lasciato George da solo a San Marco. Ci ha salutato, poi ha attraversato veloce la piazza. Non ricordo altro..."
"Insomma, è stata una serata parecchio movimentata..."
"Commissario, noi viviamo nel mondo del cinema. Per noi le serate movimentate sono all'ordine del giorno! Ho visto di peggio, gliel'assicuro! Ieri sera è stato tutto davvero tranquillo, al confronto... Ma perché mi chiede questo? L'ha mandata George, per caso?"
"Signor Patterson, George è stato assassinato. Il suo cadavere con un pugnale nella schiena è stato ritrovato ieri verso la mezzanotte..."

ÜBUNG 47 !

Übung 47: Welchem Beruf gehen diese Personen nach? Setzen Sie ein!

1. Indaga sui casi di omicidio. __________
2. Lavora nella polizia. __________
3. Insegna all'università. __________
4. Studia all'università. __________
5. Ripara le macchine. __________
6. Conduce le gondole. __________
7. Vende le sigarette. __________

8. Recita in un film. ____________________

9. Dirige un film. ____________________

10. Vende i fiori. ____________________

11. Vende la carne. ____________________

12. Ha un'edicola, dove vende giornali. ____________________

13. Scrive sui giornali. ____________________

Patterson cadde di colpo a sedere su una poltrona, il suo viso si trasformò in una maschera di marmo.

Rosa non ne rimase troppo impressionata. In fondo sapeva che questa volta non sarebbe stato facile risolvere il caso, perché aveva a che fare con veri e propri attori in carne e ossa.

Girò lo sguardo verso la porta del bagno, da dove sentì venire l'urlo soffocato di una donna.

"Signor Patterson, chi c'è in bagno? Una donna, vero? Credo di sapere anche chi è… Ho riconosciuto la sciarpetta rossa… Credo che la indossasse anche alla sera della prima. Le può dire di uscire o preferisce che lo faccia io?"

"Scusi… Ho avuto un piccolo mancamento… Ho litigato spesso con George, ma in fondo gli volevo molto bene. Lo consideravo un amico."

"E andava con la sua donna… Le può chiedere di uscire, per favore?"

"Linda, tesoro, hai sentito il commissario, puoi uscire? Stai bene?"

Patterson si alzò dalla poltrona, muovendosi ancora turbato, con lente mosse studiate da robot, verso la porta del bagno.

"Linda!" urlò dopo aver aperto la porta.

Si chinò subito di scatto per sollevare Linda, che si era seduta per terra contro una parete, in lacrime, con il viso tra le mani.

ÜBUNG 48 !

Übung 48: Setzen Sie die passenden Wörter ein!
(lupo – buona – acqua – asciutta – aperta)

1. Rosa rimase a bocca ______________.
2. Linda non era molto difficile in fatto di uomini. Era di bocca ______________.
3. Buona fortuna col colloquio di lavoro. In bocca al __________!
4. Mi raccomando, confido sulla tua discrezione, non parlare con nessuno. ______________ in bocca!
5. Non ha mangiato ieri. È rimasto a bocca ______________!

Rosa diede un'occhiata restando fuori dalla porta. Era vero che era un'attrice, ma pareva visibilmente sconvolta. Era ancora più bella senza trucco. I suoi occhi erano pieni di lacrime.
Rannicchiata in un angolo, con i capelli scomposti e indosso solo un asciugamano bianco, sembrava una bambina terrorizzata un po' cresciuta.
"È colpa mia! Solo colpa mia! Lasciami in pace..." gridò contro Patterson, colpendolo con sonori pugni sul viso.
"Commissario... Com'è il suo nome, scusi?"
"Nicoletti..."
"Commissario Micheletti... Come vede anche Lei, è davvero meglio se interroga Linda in un altro momento... Adesso è sconvolta. La prego inoltre di non diffondere la notizia. Già la morte di George inciderà non poco sull'uscita del film. Non abbiamo bisogno di altra pubblicità negativa adesso. Mi auguro capisca... Poi credo sia legata a una sorta di segreto professionale. Per parlar chiaro: è meglio che tenga per Lei il fatto di aver visto Linda qui."
"Mi chiamo Nicoletti. Commissario Nicoletti. E non tema, non

dirò nulla a nessuno. Può contare sulla mia discrezione. Lei, piuttosto, doveva ripartire oggi?"

"Sì, ma immagino che dovrò rimandare, a questo punto, anche se ho molti impegni a Los Angeles."

"Per il momento non può lasciare la città e si tenga a disposizione per eventuali domande. Avrei bisogno di sentire anche Linda nel pomeriggio, in ogni caso appena possibile" disse senza pietà a Patterson.

"Sa dove posso trovare la camera del signor Christopher Damon? Vorrei sentire anche lui" aggiunse Rosa subito dopo.

"È la 369, proprio qui di fronte, ma so che la mattina presto Christopher va sempre a correre sulla spiaggia. Magari lo incontra nella hall, però. Torna di solito per quest'ora. Abbiamo spesso preso un caffè insieme."

Con queste parole, Patterson accompagnò Rosa alla porta. Indossava una vestaglia di seta nera.

"Ci sentiamo dopo, signor Patterson. Le lascio il mio biglietto da visita con il mio numero di cellulare. Dica per favore a Linda di chiamarmi appena si sente meglio."

"Di certo, commissario Micheletti… Ci sentiamo dopo!"

"Questo proprio ha un problema con i nomi…" deglutì Rosa. "E non si preoccupi. Risolverò di sicuro questo caso. L'assassino di George ha le ore contate. È un caso che ho preso particolarmente a cuore. A più tardi, signor Matterson!" disse, stringendogli forte la mano.

Übung 49: Welches Wort passt nicht in die Reihe? Unterstreichen Sie das „schwarze Schaf"!

ÜBUNG 49 !

1. sconvolta – turbata – felice
2. allegra – felice – sconsolata
3. veloce – sbrigativa – lenta

4. flessibile	–	aperta	–	chiusa
5. rovinata	–	deperita	–	florida
6. cauta	–	prudente	–	sicura
7. pazza	–	folle	–	rischiosa

Rosa bussò alla stanza di fronte, ma non ottenne risposta.
Si affrettò allora di sotto, sperando di incontrare ancora la donna con i capelli rossi.

ÜBUNG 50 !

Übung 50: Welcher Vergleich passt hier? Setzen Sie ein!
(serpente – lumaca – elefante – leone – volpe – aquila)

1. Rosa è astuta come una ______________.

2. Ludovico è lento come una ______________.

3. Gli assassini hanno una memoria lunga come un ___________.

4. Rosa ha la vista acuta come un'______________.

5. Non c'è da fidarsi di lui. È infido come un ______________.

6. Ludovico si sentiva forte come un ______________.

Scese nella grande hall d'ingresso e si diresse verso la terrazza. Lasciò scorrere lo sguardo tra le eleganti file di capanne che arrivavano fino al mare.
Dagli scalini della terrazza dell'*Excelsior* stava salendo Christopher Damon.
Portava un paio di calzoncini corti e una T-shirt; sulla fronte aveva una fascia per detergere il sudore. Non stava correndo, però.
Teneva in mano una copia del giornale e la leggeva esterrefatto, tanto che andò a sbattere contro Rosa.

"Mi scusi signora, non l'avevo vista…"
"Parla italiano?"
"Sì, ho studiato per un po' di tempo a Venezia… Mi scusi, ma sono di fretta. Cerchi di capire… Devo salire in camera…" aggiunse senza alzare nemmeno gli occhi dal giornale.
"Mi scusi Lei, ma sono costretta a farle alcune domande. Sono il commissario Nicoletti. Mi sto occupando dell'omicidio di George Brandly. Lei è l'attore Christopher Damon, vero?"
"Sì, ho appena saputo… Stavo correndo sulla spiaggia quando ho notato una copia del giornale in mano a una ragazza che stava leggendo sul molo. Le ho chiesto se potevo dare un'occhiata e lei mi ha lasciato il giornale. Deve aver visto che ero sconvolto…"
"Lei e George eravate amici?"
"Certo, signora Nicoletti, dai tempi dell'università a Boston. Giocavamo insieme a calcio, uscivamo insieme. Eravamo quasi inseparabili. Ho presentato io Linda a George, dopo che avevamo fatto un film insieme. Insomma, devo anche tutto a George: è stato lui a trovarmi un lavoro nel mondo del cinema…"
"Adesso che è morto George potrà prendere Lei il suo posto?"
"Forse, ma non si può mai dire nel nostro mondo. Anzi, ne dubito, perché non mi ritengo un grande attore e so che molti ruoli mi sono stati offerti solo dopo che George aveva insistito per avermi con lui. Ma sto troppo male, adesso, per pensare a queste cose! Non ci posso davvero credere! Solo ieri sera eravamo ancora insieme… Come è potuto succedere? Non avrei mai dovuto lasciarlo solo con quella donna…"
"Quale donna?"
"Una sua fan. Una bella donna, un'italiana, una rossa con gli occhi chiari. Le ha firmato un autografo in un *bàcaro* e poi ci ha aspettato fuori dal locale. Ci ha chiesto se poteva fare qualche domanda. Io e George ci siamo guardati… Era davvero una bella donna!

George aveva un debole per le donne, come me del resto. Così abbiamo deciso di andare a prendere un caffè insieme al *Florian*."
"E poi?"
"Le abbiamo parlato. Era anche molto intelligente, oltre che bella. Un'aspirante attrice con la passione del teatro. Dovevamo incontrare gli altri, ma ho visto che a George piaceva quella donna. Lucia, mi sembrava si chiamasse. Gli ho suggerito di passarle il suo numero di telefono e così lui ha fatto. Si sono messi d'accordo che lo avrebbe chiamato dopo e si sarebbero visti per un aperitivo. Ma scusi, davvero, ho bisogno di restare solo per un momento. Se vuole possiamo vederci dopo."
"Conosce il *Caffè Quadri*, sempre a Piazza San Marco? È un po' più tranquillo del *Florian*. Se vuole ci possiamo incontrare lì nel pomeriggio e parlare. So che ha passato tutta la giornata con George. Vorrei sapere come."
"Certo, commissario Nicoletti. Ho bisogno solo di un momento per raccogliere le idee. Ho bisogno di rimanere solo, come le ho detto. Ma sono felice di fare il possibile affinché l'assassino venga trovato..."
"Ci vediamo nel pomeriggio, allora. Cerchi di ricordare il più possibile. Ogni dettaglio è importante."
"Lo immagino. Penserò a tutto quello che abbiamo fatto. Se solo avessi il numero di quella donna... Ho come la sensazione che sia capitato qualcosa tra loro due... Magari si trattava di una fan pazza. Come abbiamo fatto a non pensarci?"
"Non ci pensi ora. L'importante è trovare l'assassino di George."
"La ringrazio della comprensione, commissario Nicoletti. La raggiungo più tardi a Venezia."
"Al *Quadri*, allora, verso le 16. Pensa di farcela?"
"Sì, non c'è alcun problema. Ora devo andare da Linda. Immagino che sia sconvolta."
"Lo sembrava..."

"Dove l'ha vista?"
"Nella suite di Patterson, stamane…"
"Ah…"
"In effetti…"
"Non deve giudicarla male… Sa, è una brava ragazza. Lei e George avevano dei problemi, di recente. Allora Linda è finita tra le braccia della prima persona che aveva vicino e che le dava una certa sicurezza..."
"E le permetteva anche di fare carriera…"
"Le assicuro che Linda non è così. Non è mai stata interessata, davvero. È solo ancora un po' immatura. È molto giovane e ha a che fare con un mondo più grande di lei. È stata sedotta da Patterson che, in ogni caso, un certo fascino ce l'ha. Lo deve ammettere anche Lei…"

Übung 51: Welches Wort passt zu welchem Satz? Verbinden Sie!

1. Passami … T-shirt!	a) quei
2. Finire tra le braccia di … persona.	b) quella
3. Conosci … attore?	c) quella
4. Secondo me … ragazzi non sono sinceri.	d) questa
5. È … la tua ricetta preferita?	e) quello
6. Non voglio questo DVD, preferisco …	f) questo
7. Ti prego di non uscire più con … tipo di amici.	g) quell'

Rosa ripensò alla faccia particolarmente segnata da rughe di Patterson. Un brivido le percorse la schiena.
"Forse il fascino di un serpente!" rimuginò tra sé.
"Commissario Nicoletti, ora la devo proprio lasciare… Ho bisogno di pensare da solo un po'… Credo capisca…"
"Sì, l'accompagno all'ascensore…"

"No, non si preoccupi per me. Ce la faccio da solo. Ci vediamo in ogni caso più tardi. Spero di essere in uno stato migliore. George era davvero come un fratello per me."
"A dopo, Christopher!"

! ÜBUNG 52

Übung 52: Setzen Sie das passende Adjektiv ein!
(carica – stravolta – curiosa – segnata – avida – entusiasta)

1. ________________ da rughe
2. ________________ dalla stanchezza
3. ________________ di novità
4. ________________ di denaro
5. ________________ di emozioni
6. ________________ della vita

Stava uscendo dall'*Excelsior* quando il cellulare suonò di nuovo…
"Signora Micheletti? Sono Linda…" si sentì dire in inglese.
"Sam mi ha dato il suo numero. Preferirei parlarle adesso. Domani vorrei partire. Voglio dimenticare tutto al più presto. Voglio solo tornare a casa, adesso."
"Non credo che sarà possibile per Lei partire domani e nemmeno dopodomani. Finché il caso non è chiuso nessuno può lasciare l'Italia."
"Non penso che i miei nervi reggeranno…"
"Se è riuscita per mesi ad avere una doppia relazione, immagino che riuscirà anche a controllarli in questo caso."
"Lei non capisce… Io amavo George. Sam non significa niente, davvero."

Übung 53: Verbinden Sie!

ÜBUNG 53 !

1. Il tempo di…	a) andare a vivere in Italia.
2. La voglia di…	b) conoscerti.
3. Il sogno di…	c) mangiare una torta al cioccolato.
4. Il bisogno di…	d) andare a fare la spesa.
5. Il piacere di…	e) andare dal medico.

"Ha tempo adesso? Sono ancora in albergo. Ho incontrato Christopher e abbiamo parlato."
"Ha bussato prima alla mia porta, ma gli ho detto di tornare. Non mi sentivo di parlare con lui. Preferirei sentire Lei, prima. Se è ancora in albergo può salire subito. Sono nella camera 380…"
"Il tempo di prendere l'ascensore e sono da Lei!"

Übung 54: Enträtseln Sie folgende Definitionen!

ÜBUNG 54 !

1. Si usa per sparare.

   P_ _ _ _ _ _

2. Ci si va a vedere un film.

   C _ _ _ _ _

3. La conduce il gondoliere.

   G _ _ _ _ _ _

4. Così si chiamano le piazze a Venezia.

   C _ _ _ _

5. Lo si usa per telefonare.

   T _ _ _ _ _ _ _

6. Lo si usa per telefonare ovunque senza fili. E tutti gli italiani (o quasi) ce l'hanno!

   C _ _ _ _ _ _ _ _ _

7. Ci si buttano le sigarette.

   P _ _ _ _ _ _ _ _ _ _

8. Si usa per accendere le sigarette.

   A _ _ _ _ _ _ _ _ _

Prima di salire da Linda, Rosa decise di fare una telefonata al commissariato. Voleva conoscere i risultati dell'autopsia.

Le rispose Rodolfo.

Poteva fidarsi di lui? In ogni caso non aveva scelta. Era l'unico tra i suoi colleghi con un po' di esperienza in omicidi.

"Pronto Rodolfo, come va? Sono Rosa. Volevo sapere se sono già arrivati i risultati dell'autopsia…"

"Ciao Rosa. Sono arrivati stamane. È stato ferito in profondità dal coltello, anche se la morte è avvenuta per annegamento, dopo che è caduto nel canale. Dopo la coltellata deve aver perso subito conoscenza. Nel sangue aveva un'alta percentuale di alcool e anche di sonnifero."

"Sonnifero?"

"George non era completamente lucido quando è stato ucciso. Era di sicuro ubriaco, quindi non in grado di reagire più di tanto… Ma il suo assassino voleva essere certo di andare a colpo sicuro. George era un uomo grande e grosso. Avrebbe potuto difendersi, se fosse stato più lucido."

"Dopo aver parlato con alcuni suoi amici lo immaginavo. Altro?"

"Per il momento no. In caso ti richiamo."

"Passa una buona giornata, Rodolfo. A proposito, hai parlato tu con i giornalisti l'altra sera?"

"Di sicuro no. Perché me lo chiedi?"
"Hanno scritto che la polizia di Venezia non ha ancora idea di cosa sia successo..."
"Perché, non è vero in fondo? Tu hai qualche indizio?"
"Credo di essere su una buona pista..."
"Pensi al regista? Perché no? Pare che se l'intendesse con Linda, la compagna di George..."
"È vero, lui è di sicuro il principale sospettato. Ma per esperienza ho imparato a non precipitare mai gli eventi."
"Sii prudente, Rosa, e se hai bisogno, non esitare a chiamarmi."
"A dopo, Rodolfo. Di' al capo che starò fuori tutta la giornata oggi!"

Übung 55: Welches Wort ist das „schwarze Schaf"?

ÜBUNG 55 !

1. a) esperienza	b) conoscenza	c) inaffidabilità
2. a) scelta	b) lavoro	c) decisione
3. a) ubriaco	b) frastornato	c) sobrio
4. a) momento	b) attimo	c) pausa
5. a) risultato	b) fine	c) esito
6. a) vero	b) reale	c) sbagliato
7. a) sicuro	b) certo	c) irreale
8. a) tempo	b) evento	c) avvenimento

La camera di Linda era proprio in fondo al corridoio. Prima di bussare Rosa guardò da una finestra la spiaggia del Lido, sopra la quale si distendeva un cielo azzurro illuminato da uno splendido sole.
"Signora Micheletti?" sussurrò Linda dalla porta socchiusa.
"Entri, La prego. Già credevo che non venisse più."

“Mi dispiace, ho dovuto fare una telefonata.”

Linda indossava una vestaglia rosa. La pelle bianchissima risplendeva di una tonalità quasi lunare.

“A proposito, mi chiamo Nicoletti, non Micheletti… Immagino che sia stato Patterson a dirle il mio nome” precisò Rosa.

“Non lo deve giudicare male. Incontra ogni giorno molte persone. Per lui è davvero difficile ricordare i nomi…”

“Posso fare una domanda prima di cominciare l’interrogatorio?”

“La prego. Cercherò di fare il possibile per aiutare le indagini. Ma le assicuro che non sono stata io.”

“So che non è stata Lei… La mia domanda era un’altra, comunque: cosa ci fa una ragazza bella come Lei con un uomo vecchio come Patterson?”

“Patterson è stato molto buono con me.”

“Cosa ricorda dell’altra sera?”

“Abbiamo incontrato George e Christopher verso le 20 a Piazza San Marco, sotto la colonna con il Leone. Ci eravamo dati appuntamento lì per andare poi a cena all’*Harry’s Bar*.”

“Di chi è stata l’idea?”

“Di Christopher. Conosceva il cuoco e aveva deciso con lui un menu tutto veneziano che avremmo gustato insieme. Lui e George avevano passato la giornata a Venezia e parevano già abbastanza su di giri.”

“In che senso?”

“Erano ubriachi, ma per me, come avrà saputo, non era una novità vedere George in quello stato… Lo amavo davvero, solo che sono molto più giovane di lui. Lui desiderava un figlio, ma io volevo aspettare. Preferivo dedicarmi alla carriera e pensare più tardi alla famiglia. Da allora siamo caduti in una crisi profonda. George mi tradiva, senza nemmeno più nascondermelo.”

“E allora Lei è finita tra le braccia di Patterson…”

"Non mi giudichi male. Avevo bisogno di qualcuno di importante che mi proteggesse. Patterson ha promesso di assegnarmi un ruolo nei prossimi tre film e in fondo è una brava persona. Inoltre non mi sentivo in colpa, perché anche George mi tradiva con altre attrici, perfino con qualche sua fan."

"Perché non lo ha lasciato?"

"Le sembrerà strano, ma io l'amavo. Nonostante tutto."

"Perché non cercavate di chiarire, allora?"

"Ha mai provato a vivere con un alcolizzato che per di più è una star? Le assicuro che non è facile… George aveva un ego devastante, perfino per se stesso. Talvolta si lamentava della notorietà, ma sono convinta che nel suo intimo non ne potesse fare a meno. Certo, mi disse una volta che non capiva perché con i soldi e il successo non fosse arrivata pure la felicità. Non credo che riesca a comprendere, commissario Nicoletti, cosa sia veramente la fama."

"In effetti, non so cosa vuol dire. Ma immagino ci siano persone disposte a uccidere per raggiungere la celebrità."

"Commissario, qual è il suo nome? Rosa? Rosa, diamoci pure del tu, se non le dispiace. Per me è più facile parlare in questo modo!"

Übung 56: Welches Verb bezeichnet das Gegenteil? Setzen Sie ein!
(imprigionare – dissuadere – mostrare – odiare – morire)

1. amare ________________

2. liberare ________________

3. vivere ________________

4. nascondere ________________

5. convincere ________________

Linda si accomodò su una poltrona, guardando triste fuori da una finestra.

Rosa sapeva d'istinto che poteva fidarsi di lei. Era forse ambiziosa, ma non era di sicuro un'assassina. Lo si vedeva da come le tremavano le mani. Non ce l'avrebbe mai fatta a colpire con tanta precisione George.

L'assassino doveva avere avuto i nervi saldi.

Rammentò che era stato capace di conficcare il pugnale di vetro di Murano così in profondità da non far uscire neppure una goccia di sangue.

"Allora Linda, raccontami come sono andate le cose quella sera."

"Christopher aveva organizzato quella cena da tempo. Aveva perfino incontrato il cuoco qualche giorno prima, per mettersi d'accordo esattamente su cosa cucinare."

"Era lui allora l'uomo per cui aveva lavorato Marietto, il cuoco dell'*Harry's Bar*? Mi avevano contattato qualche giorno fa perché temevano che fosse scomparso."

"Questa cena doveva essere un segreto. Christopher si era offerto di pagare lui tutto, ma non voleva che i giornali lo venissero a sapere. Ci teneva che fosse una serata intima tra cari amici. Christopher è sempre stato molto generoso con tutti noi, sia con me che con George."

"Perché, vi conoscevate prima, tu e Christopher?"

"Non gliel'ha detto? Prima di mettermi insieme a George stavo con lui. Ci eravamo conosciuti durante le riprese del film d'azione *Big Deal*, lo conosci? Non so se l'hanno tradotto in italiano… Non è stato un grande successo. Era una piccola produzione indipendente."

"In effetti non credo di averlo visto…"

"Siamo stati insieme qualche mese, ma per me Christopher era più un'avventura che altro. Non lo vedevo come l'uomo della mia vita. Era molto buono con me, ma poi un giorno mi ha presentato George. Cosa posso dirti? È stato amore a prima vista. Lui era così sicuro di sé e poi aveva tutti questi sogni, queste aspettative. Credeva nella vita e mi contagiò all'istante con tutto il suo entusiasmo."

"Christopher ci rimase molto male, immagino. Strano che non me ne abbia parlato…"

"Forse se ne vergognava, ma ti assicuro che Christopher non sarebbe capace di far male a una mosca. È uno degli uomini più sensibili che conosco."

"Però poco fa non te la sei sentita di incontrarlo…"

"Ero solo molto stanca e non desideravo vederlo… In fondo credo sia sempre innamorato di me. Si preoccupa troppo ancora adesso."

"Com'è andata quella sera?"

"George ha ricevuto una strana telefonata. Avevo l'impressione che Christopher sapesse di chi si trattava. Ero sicura che fosse una donna."

"Hai mai visto vicino a voi una donna coi capelli rossi?"

"Pensandoci bene… La sera della prima di *Amore a settembre* ho notato una bella donna che mi guardava. Aveva i capelli rossi e gli occhi chiari. Non ricordo il colore, ma il viso è inconfondibile. Un viso e un trucco da attrice… Me ne intendo al riguardo!"

"Fino a quando Patterson e Christopher sono rimasti con te?"

"Patterson mi aveva comperato un regalo, quel giorno. Eravamo andati in giro per Venezia da soli. Avevamo pranzato in un ristorante a Campo Santa Maria del Giglio. Dopo di che siamo andati insieme in una gioielleria e ho scelto una bellissima collana di rubini. Sam era da tempo che mi prometteva un regalo importante."

"Questo, infatti, me l'ha raccontato anche lui… Ma fino a quando, la sera, siete rimasti insieme dopo esservi separati da George?"

"Non a lungo, in principio… Io e Sam non eravamo sicuri che Christopher sapesse della nostra relazione. In passato c'erano state foto sui giornali, ma avevamo sempre negato sia con lui che con George. Quindi abbiamo preso un motoscafo fino all'albergo e poi ognuno è salito in camera sua. Sam mi ha telefonato subito dopo, per dirmi di andare da lui verso l'una. Se George non tornava per quell'ora, non sarebbe tornato fino al mattino successivo. In ogni caso volevo farlo ingelosire, non facendomi trovare nella stanza."

"Patterson ha raccontato il contrario. Che a te non importava cosa facesse George..."

"Non era proprio così. Come senti dalla mia versione... Con Patterson posso avere una sorta di relazione, ma non gli racconto di sicuro i miei veri sentimenti."

ÜBUNG 57

Übung 57: Was ist gemeint? Setzen Sie das richtige Wort ein!
(biancheria intima – calze – guanti – braccialetto – mantello – vestito – collana – cappello)

1. Al braccio si porta il ____________________.
2. Al collo si porta la ____________________.
3. In testa si porta il ____________________.
4. Sulle spalle si indossa il ____________________.
5. Sul corpo si indossa il ____________________.
6. Sotto il vestito si porta la ____________________.
7. Ai piedi si indossano le ____________________.
8. Alle mani si mettono i ____________________.

Rosa pensò che Linda non era poi così limpida e sincera come le era sembrata in un primo momento. Anche lei era abile nel mentire.

"Sei andata quindi da Patterson e il mattino seguente la collana era

sparita… Chi altro sapeva del regalo?" aggiunse Rosa, non facendole intendere i suoi pensieri.
Tra le donne si era creata una certa intimità.
"Credo nessun altro…" sospirò Linda.
"Da quello che mi dici, né Patterson né Christopher hanno un alibi. Entrambi potrebbero avere preso un taxi ed essere tornati a Venezia, aver ucciso George ed essere ritornati qui più tardi, senza alcun problema. In fondo in motoscafo si impiegano solo una ventina di minuti fino a San Marco. Inoltre, nemmeno tu hai un alibi. Potresti anche essere stata tu…."
"È vero, Rosa, ma non l'ho ucciso io!"
"Lo so, Linda."

Übung 58: Was ist gemeint? Finden Sie zu jeder Definition das entsprechende Verb!

ÜBUNG 58 !

1. Ritenere vero quanto affermato da altri. ____________________

2. Esprimere l'essenza. ____________________

3. Dire il falso. ____________________

4. Impegnarsi a trovare qualcosa o qualcuno. ____________________

5. Emettere e articolare suoni. ____________________

6. Essere deciso a fare, a ottenere. ____________________

7. Riferire parole e avvenimenti. ____________________

8. Trovare davanti a sé per caso o deliberatamente.

____

Rosa le credeva davvero. Uscì dalla stanza con la certezza che non era stata Linda, ma ancora più confusa.
Perché Christopher le aveva mentito? E perché aveva cercato di parlare a Linda prima di lei? Voleva forse dirle di non raccontarle nulla?
Inoltre chi era la donna con i capelli rossi? Doveva assolutamente cercare di incontrarla.

ÜBUNG 59 !

Übung 59: Welche Substantive und Verben gehören zusammen? Setzen Sie ein! ***(recitare – dirigere il traffico – difendere – insegnare – investigare – controllare – curare – cucinare)***

1. cuoco ______________________
2. commissario ______________________
3. professore ______________________
4. attore ______________________
5. medico ______________________
6. avvocato ______________________
7. carabiniere ______________________
8. vigile ______________________

Di un'altra cosa era sicura: doveva tornare all'*Harry's Bar* e parlare con Marietto, il cuoco, per sapere cosa avevano mangiato quella sera. Il coltello poteva avere provocato la morte di George, ma un uomo così grande e grosso sarebbe stato in grado di reagire, prima di essere buttato nel canale, senza tutto quel sonnifero in corpo.

Übung 60: Lesen Sie weiter und unterstreichen Sie die Adjektive!

Fuori dall'*Hotel Excelsior* la folla di curiosi era aumentata.
L'assassinio di George aveva generato non poco sgomento, ma sembrava aver eccitato ancora di più i fan, invece di scoraggiarli.
Rosa si fece largo tra la folla che si accalcava davanti al Palazzo del Cinema, sotto cartelloni giganteschi che pubblicizzavano i film del Festival.
Quando vide la locandina di *Amore a settembre* si ricordò di Lombardo.
Gli mandò un sms:
"Caro Lombardo, sto tornando a Venezia. Hai voglia di incontrarmi per pranzo verso l'una e mezzo all'*Harry's Bar*? So che di solito lì prendiamo l'aperitivo e che tu preferiresti andare magari in un *bàcaro*, ma ti spiegherò… Baci. Rosa."
Rosa stava salendo sulla motonave che la riportava a San Marco quando udì il bip del cellulare. Doveva già essere la risposta di Lombardo.
Guardò lo schermo. Era segnalato un sms in arrivo:
"Certo, cara Rosa. Non vedo l'ora! Ti aspetto all'entrata! Baci! Ludo."
"Insomma, sempre troppo entusiasmo da parte di questo Ludovico!" si disse.
Si era seduta al piano superiore della motonave per vedere meglio il panorama.
Le case che davano su Riva degli Schiavoni erano bellissime alla luce del sole, mentre l'andirivieni dei turisti si faceva più fitto man mano che ci si avvicinava al Ponte dei Sospiri. Alcuni gabbiani si divertivano a inseguire la motonave, facendosi cullare dal vento.
Quando l'imbarcazione attraccò, Rosa ritornò ai suoi pensieri.
Scese dalla motonave, più piena di turisti del solito.

Camminò veloce verso l'*Harry's Bar*, dove Lombardo la stava aspettando.

Era elegante, come al solito, in un completo grigio, con giacca e cravatta.

Gli fece un cenno con la mano da lontano.

Una volta arrivata vicino, Rosa si sporse per dargli un bacio sulla guancia.

"Rosa, come va? Hai notizie?"

"Forse ti devo chiedere un favore, Ludovico. Poi ti spiego! Mangiamo, adesso. Dopo devo parlare con il cuoco!"

ÜBUNG 61 !

Übung 61: Übersetzen Sie die folgenden Sätze!

1. Wo ist das Handy?

___

2. Jeder Italiener hat ein Handy.

___

3. Wo ist die nächste Telefonzelle?

___

4. Haben Sie eine Telefonkarte für 10 Euro?

___

5. Hast du mir eine SMS geschickt?

___

Entrarono dalle porte a vetri dell'*Harry's Bar*. Quello era uno dei luoghi prediletti da Rosa. L'atmosfera elegante e al tempo stesso familiare, con tavoli discreti sparsi per la sala e grandi vetrate, la faceva sentire particolarmente a proprio agio.

"Rosa, che sorpresa, finalmente mi presenta il suo amico misterioso!" le disse Ferruccio venendole incontro.

"Ferruccio, Ludovico è un amico di vecchia data."

"Piacere, Ludovico Lombardo" si presentò.

"Mi pareva strano che una bella donna come Lei fosse sola…" aggiunse Ferruccio.

"Ferruccio, le ripeto che Ludovico è solo un amico!"

"Credo che l'abbia capito da solo, Rosa. Non c'è davvero bisogno che insisti a precisarlo…" le fece presente Lombardo, seccato.

"Scusa Ludovico, hai ragione…"

"Ho un tavolo libero proprio nell'angolo" disse cambiando argomento Ferruccio, che era specialista nel risolvere le situazioni difficili. "Accomodatevi, prego!" aggiunse conducendoli al tavolo. All'*Harry's Bar* c'era un'atmosfera intima e soffusa, che ricordava il passato. Sembrava che lì dentro il tempo si fosse fermato.

"Cosa posso portarvi?" chiese Ferruccio.

"Avete del buon fritto misto?" gli rispose Rosa.

"Fresco, fresco dalla laguna!" le disse Ferruccio, facendole l'occhiolino.

"Per me lo stesso" aggiunse Lombardo.

"Ferruccio, avrei bisogno di parlare con Marietto, dopo pranzo. È possibile?" gli domandò ancora Rosa.

"Non credo ci siano problemi. Gli posso magari dire di accomodarsi al tavolo con voi."

"Benissimo allora!"

"Cosa posso portarvi da bere?"

"Che tipo di vino bianco ha?"

"Va bene del Bianco di Custoza?"

"Che dici Lombardo?"

"A me sembra ottimo. Facciamo mezzo litro di vino e una bottiglia di acqua minerale?" propose Lombardo, che era anche un grande intenditore di vini, oltre che un ottimo cuoco.
"Perfetto! Anche se io non bevo molto. Voglio essere lucida per l'indagine" confermò Rosa.
"Un bicchiere non le fa sicuramente male. La tira solo un po' su!" ribatté Ferruccio, allontanandosi con le ordinazioni.

ÜBUNG 62 !

Übung 62: Sie wollen einen Wein genau beschreiben? Finden Sie die richtige Übersetzung zu folgenden Adjektiven!

Un vino è:

1. novello	a) trocken
2. frizzante	b) süß/süßlich
3. secco	c) leicht moussierend
4. aromatico	d) jung
5. dolce	e) überreif
6. generoso	f) aromatisch
7. passito	g) edel

"Allora, Rosa, qualche nuovo indizio?" domandò Lombardo. "Mi sembri stanca, questa sera devi assolutamente tentare di dormire."
"Sei davvero gentile a preoccuparti per me, Ludovico. Ma sai anche tu quanta energia mi prenda risolvere casi del genere. Non riesco a darmi pace finché non trovo l'assassino."
"Hai già un'idea?"
"Per il momento sospetto sia Christopher…"
"Christopher Damon? Non ce lo vedo proprio come assassino."
"Nemmeno io, dopo avergli parlato. Pare davvero un bravo ragazzo, ma è alto e robusto. Ha la corporatura giusta per aver potuto accol-

tellare George in quel punto, parecchio in alto, come sai. Inoltre ho scoperto che non ha un vero e proprio alibi. Secondo quanto dice Linda è tornato con loro in albergo abbastanza presto. Avrebbe quindi avuto il tempo di ritornare in città e compiere l'omicidio. E in più, pare che George gli abbia portato via Linda qualche anno fa. Stavano insieme…"

"Davvero? Non l'avrei mai detto. Sei sicura che non sia lei a mentire questa volta?"

"Invece è così. Non so come spiegartelo, ma credo a Linda. Il mio istinto mi dice che non è stata lei."

"Solidarietà tra donne, eh?"

"E anche se fosse che c'è di male? Lombardo, sai che sono molto professionale, non mi perderei di certo in questioni di femminismo, nel mio lavoro…"

"Lo so Rosa, stavo solo scherzando."

"Guarda, sta già arrivando il fritto misto."

"Ha un aspetto delizioso!"

"Ecco a voi: due splendidi piatti di fritto misto. I calamari sono dorati alla perfezione, teneri teneri… Ed ecco qui anche il vino. Adesso non vi disturbo più. Buon pranzo!" disse Ferruccio con discrezione. "Rosa, Marietto viene appena Lei è pronta, mi dica…"

"Grazie Ferruccio! Non gli ruberò troppo tempo"

"Mi pare che questo Ferruccio si prenda un po' troppa confidenza con te, Rosa" si permise di dire Lombardo, alquanto infastidito dalle occhiate insistenti del cameriere alla scollatura di Rosa.

"Ludovico, non sarai mica geloso?"

"Chi, io? Sai che sono un uomo di mondo! Constato solo i fatti!"

"Va bene, cambiamo argomento, che è meglio!"

"Qual era il favore che dovevi chiedermi?"

"Ho un sospetto, come ti dicevo… Incontro oggi verso le 16 Christopher al *Quadri*. Lui conosce me, ma non te. Potresti seguirlo per vedere dove va dopo aver parlato con me? Non so, il mio istinto mi dice che nasconde qualcosa... Ma credo che lo saprò meglio oggi, dopo aver sentito la sua versione dei fatti!"

"Dovrei fare una ricerca per l'università, ma dirò che ho avuto un impegno improvviso. Del resto è questione di vita o di morte. E poi un po' di avventura non mi farà di sicuro male. Mi ci vedo nel ruolo dell'agente segreto! Ai tuoi ordini, Rosa!"

"Che agente segreto! Non farmi ridere, Ludovico... Devi solo seguirlo facendo finta di nulla. Chiamami anche regolarmente. Non voglio che ti metta nei guai. Se la situazione diventa strana, lascia perdere. Ci penserò io..."

"In passato mi è parso che ti sia potuta sempre fidare di me, Rosa, o sbaglio?"

"A parte le volte che ho dovuto correre a tirarti fuori dai pasticci..."

"A parte quelle volte..."

Rosa e Lombardo risero di gusto per tutto il pranzo.

Ferruccio pensò che erano una coppia davvero ben assortita. Vicino a loro due turisti americani stavano leggendo un quotidiano che riportava in prima pagina un'immagine di George.

Anche a Ferruccio venne un brivido, pensando che l'aveva visto appena la sera prima, ancora vivo. Gli era risultato anche molto simpatico, dato che gli aveva lasciato una lauta mancia.

Pensò tra sé se ci fossero particolari che poteva rivelare a Rosa. Ma non adesso. Preferiva lasciarla mangiare tranquilla. Aveva l'impressione che si stesse proprio divertendo.

ÜBUNG 63 !

Übung 63: Wie heißen folgende Fischsorten auf Italienisch?

1. Garnele ________________

2. Sardine ________________

3. Krabbe ______________________

4. Kabeljau ______________________

5. Schwertfisch ______________________

6. Sepia ______________________

7. Seezunge ______________________

8. Tunfisch ______________________

9. Venusmuschel ______________________

10. Karpfen ______________________

11. Miesmuschel ______________________

12. Dorade ______________________

13. Languste ______________________

14. Kalmar ______________________

15. Makrele ______________________

16. Meerbarbe ______________________

17. Hummer ______________________

"Ferruccio, potrebbe portare il conto, per favore?" chiese Rosa lasciando Lombardo un po' dispiaciuto di dover terminare quella piacevole conversazione.

Ma lui la capiva. Era sempre molto professionale.

Diede un'occhiata agli altri tavoli e scorse una coppia di giapponesi che si divertivano a fotografare tutto, perfino Ferruccio.

In un angolo, alle spalle di Rosa, c'era invece una bella donna con i capelli rossi e gli occhiali da sole neri stile anni '60. Portava una gonna a fiori e uno stretto bustino bianco con un golfino dello stesso colore.

Gli lanciò un leggero sorriso per tornare poi a leggere il giornale. Stava bevendo un caffè e questo lasciava supporre che avesse terminato da poco di pranzare.

Ferruccio si avvicinò con il conto.

Lombardo gli passò veloce la carta di credito, prima che Rosa potesse in qualche modo reagire.

"Lombardo, ti ho già detto che non c'è davvero bisogno che paghi sempre tu! Inoltre questo è un pranzo di lavoro!"

"Non preoccuparti, Rosa. Ricambierai con un'altra cenetta a casa tua… Se proprio vuoi, ma sai che non è necessario. Per me è sempre un piacere pranzare con te!"

"Lombardo in questo periodo è in vena di tenerezze, più del solito" pensò Rosa, ma lo ringraziò compiaciuta.

ÜBUNG 64 !

Übung 64: Ergänzen Sie den Dialog zwischen Kellner und Gast!
(minuto – a posto – contanti – ricevuta – quello – di credito – cena – per favore – Desiderate – carta – conto)

- Scusi posso pagare, _______________?

- Tutto _______________?

- Sì, la _________ era ottima.

- _______________ anche un dessert?

- No, solo il ____________, per favore.

- Paga in _______________ o con la __________ di credito?

- Con la carta _______________ . Accettate l'American Express?

- No, solo la VISA o la Mastercard.

- E il Bancomat?

- Sì, ________ lo prendiamo.

- Eccolo allora. Avrei anche bisogno di una ______________.

- Nessun problema, torno tra un ______________.

Poi si rivolse più seria a Ferruccio.
"Ferruccio, scusi, è possibile parlare con Marietto, per favore?"
"Certo, Rosa, lo chiamo… Lo avevo già avvertito che gli avrebbe parlato non appena finito. Ci sono tracce dell'assassino?"
"Non so, sto seguendo una pista…"
"Serviva Lei la sera in cui George Brandly è stato qui con gli altri amici?"
"Sì, ho servito io. Il signor Cipriani ci teneva a far bella figura e Lei sa che io sono il migliore qui. Non per modestia…"
"Lo so, Ferruccio… Ha notato qualcosa di strano?"
"Mi pareva che George non andasse molto d'accordo con un uomo dai capelli grigi e brizzolati."
"Il regista?"
"Credo di sì, ma sa, non me ne intendo molto di cinema…"
"Ha notato altro?"
"Sa, dopo anni di questo mestiere ci si abitua a notare anche i particolari… Posso sbagliarmi, ma ho visto uno scambio di occhiate tra quello che Lei dice sia il regista e quella bellissima attrice. Come si chiama? Linda Splendor! George ha fatto invece un po' il gradasso per tutta la sera, spalleggiato da un suo amico. Credo che anche lui sia un attore, perché la sua faccia non mi è nuova."
"Le è sembrato stanco?"
"Solo verso la fine della serata. Continuava a sbadigliare. Non si sono fermati molto qui. Verso le 22 se ne sono già andati. Alla fine, a parte George e il suo amico, non mi pareva che in fondo gli altri si divertissero molto."

"Ah, guardi! Sta arrivando Marietto!"
Un uomo vestito tutto di bianco si stava avvicinando al tavolo. La camicia era sporca di sugo di pomodoro. Era un uomo corpulento, con una pancia prominente e due pesanti borse sotto gli occhi, segno di una notte di baldoria.
"Il nostro Marietto è un donnaiolo! Sempre fuori la sera dopo il lavoro! Soprattutto ora che ci sono così tante turiste straniere in giro" lo canzonò Ferruccio.
"Piacere, Rosa Nicoletti! E questo è il professor Ludovico Lombardo!"
"Piacere!" ripeté Lombardo, che non aveva perso d'occhio un secondo Ferruccio mentre parlava con Rosa. Era sicuro che anche lui avesse un debole per lei. Non gli piaceva inoltre come la guardava. Forse era geloso, ma a ragione!
Cercò comunque di non dare nulla a vedere, ma di comportarsi in maniera molto professionale.

ÜBUNG 65 !

Übung 65: Übersetzen Sie folgende Verben rund ums Kochen!

1. arrostire ____________________
2. bollire ____________________
3. cuocere ____________________
4. lessare ____________________
5. sbollentare ____________________
6. saltare ____________________
7. soffriggere ____________________

Marietto prese posto vicino a Rosa. Appena seduto, storse la faccia in un generoso sbadiglio.
"Fatto tardi ieri sera?" gli domandò Rosa estraendo dalla borsa un taccuino per prendere nota e ricordare meglio ciò che avevano mangiato quella sera.
"Neanche tanto. Ho visto un'amica! Non capisco perché da ieri sera ho un sonno incredibile!"
"Ha mangiato qualcosa della cena che ha preparato?"
"No, naturalmente."
"È proprio sicuro? È importante che mi dica tutta la verità. Ne ho bisogno per risolvere il caso!"
"Le confesso che morivo di fame e ho preso un po' dei bigoli in salsa che avevo preparato per gli ospiti. Però non dica nulla a Ferruccio, la prego!"
"Può contare sulla mia parola. Non si preoccupi. Mi racconti però ogni particolare. È molto importante! Lei è stato ingaggiato qualche giorno prima da Christopher Damon?"
"Ci siamo incontrati *Agli Alboretti*, quel ristorantino nei pressi dell'Accademia. Christopher era arrivato apposta prima degli altri e stava in un albergo a Venezia vicino a San Marco in incognito. Voleva infatti fare loro una sorpresa. Una gran brava persona!"
"Sì, l'ho conosciuto. Ma perché ha voluto incontrarla? Non poteva fare tutto per telefono?"
"Voleva spiegarmi di persona cosa aveva pensato di organizzare per la cena. Aveva preparato un menu "su ricetta" da far provare ai suoi amici. È un vero appassionato di gastronomia veneziana, Christopher! Ha avuto modo di apprezzarla durante il periodo che aveva trascorso qui come studente. Mi ha anche raccontato che a quei tempi aveva una ragazza veneziana di cui era molto innamorato."
"È per caso una donna coi capelli rossi? Sa se sono ancora in contatto?"

"No, non ne so nulla. Me ne ha solo accennato velocemente."
"In cosa consisteva questo menu "su ricetta"?"
"In diversi piatti della cucina veneziana. Era qualcosa di davvero particolare. Christopher aveva pensato di preparare alcuni *cicheti* come antipasto. Ho cercato di convincerlo a scegliere uno dei raffinati antipasti dell'*Harry's Bar*, ma non c'è stato verso di fargli cambiare idea. Abbiamo allora deciso insieme per dei crostini ricoperti di diverse paste di pesce e di affettati, per spiedini di seppie e gamberi fritti, per qualche sottaceto e olive ascolane."
"E come primo?"
"Christopher aveva pensato sia ai bigoli in salsa che ai risi e bisi. Dato che tendeva più verso la pasta, l'ho convinto a lasciarmi preparare entrambi i piatti. Volevo dare un tocco di tradizione."

ÜBUNG 66 !

Übung 66: Unterstreichen Sie die orthografischen Fehler im Rezept!

Bigoli in salsa (per 4 persone)
Ingredienti:
400 g di bigoli, 2 cipolle, 2 acciughe sotto sale, olio d'oliva, sale e pepe

Preparazione:
Afetate le cipolle a fettine sotili e mettetele in una padela con qualche cucchaiata di olio. Fatele rosolare per pene finché non sono dorate. Versate allora un goccio d'aqua e continuate la cotura a fiamma bassa e padella coperta, mescolando abastanza spesso. Quando le cipolle sono ponte, lavate le acciughe, tritale e aggiungete il tutto in padella, lasciando rosore fino a quando le cipolle non saranno sciolte. Mettete intanto sul fuoco una pentola piena d'acqua e quando bolle, salate e buttateci i bigoli. A cottura

ultimata versate la salsa sui bigoli, salando e pepando a piacere e versando un filo di olio cudo.

Marietto spiegò infatti a Rosa e a Lombardo, che ascoltava in silenzio e pieno di ammirazione l'interrogatorio, che nella cucina veneziana c'è sempre stato interscambio tra Oriente e Occidente, proprio come nella sua città. Ha acquisito nel corso degli anni prodotti di origine orientale, l'impiego di spezie è molto aumentato, come anche la presenza del riso. Nel periodo medievale quest'ultimo era costosissimo e veniva perfino venduto nelle spezierie, anche come prodotto medicinale, così prezioso da essere contato e valutato chicco per chicco.
Nel Cinquecento, quando se ne incrementò la produzione nell'entroterra padano e nei territori che appartenevano alla Serenissima, divenne invece elemento fondamentale della dieta dei veneziani.
Unito ai piselli, in veneziano i *bisi* coltivati negli orti lagunari, diede origine a uno dei piatti locali più tipici e alla pietanza principale della festa di San Marco.
L'uso delle spezie, in particolare cannella, zucchero, chiodi di garofano, noce moscata e pepe, è invece diminuito nella cucina veneziana col tempo, anche se ne rimangono ancora tracce consistenti.
Marietto ricordò per esempio l'abitudine di condire gli gnocchi alla veneziana con zucchero e cannella.
Quella sera aveva raccontato anche a Christopher e ai suoi amici queste storie, destando un forte interesse in George.
"Mi dispiace che abbia fatto una così brutta fine. Era un personaggio davvero simpatico e alla mano, nonostante fosse una star!" si lasciò sfuggire Marietto.
"E di secondo cosa ha cucinato?"
"Sono stato su un classico, secondo le indicazioni di Christopher: il baccalà mantecato alla veneziana. Come dessert abbiamo scelto un modo tradizionale di concludere una bella cena veneziana: un

piatto di *golosessi*, biscottini da intingere nella malvasia o nello zabaione, quello caratteristico locale, preparato con uova, vino bianco, zucchero e limone."

"Tutto qui?"

"Avrei voluto sfoderare la mia abilità di chef con qualche piatto ancora più raffinato che preparo all'*Harry's Bar*. Christopher aveva però le idee ben chiare. Voleva appunto il suo menu "su ricetta". Pare avesse trovato le ricette tipiche che ha voluto che seguissi passo passo in un vecchio libro di gastronomia veneziana."

"Christopher è mai venuto in cucina con Lei? Ha preparato tutto da solo?"

"Ha solo voluto assicurarsi che i bigoli fossero perfettamente al dente! Ma cosa intende, commissario Nicoletti?"

"L'ha lasciato solo in cucina?"

"Forse cinque minuti, il tempo di portare gli antipasti in tavola. Lui era venuto a controllare che fosse tutto in ordine. Pensa che abbia messo qualcosa nel cibo? Credevo che George fosse stato accoltellato..."

"Infatti, ma c'erano tracce di sonnifero nel suo sangue. E non basta, sospetto anche che sia stato avvelenato."

"A questo punto chiunque potrebbe avergli versato qualcosa nel bicchiere! Durante la cena ci sono stati diversi brindisi, scambi di bicchieri… Hanno provato almeno tre vini diversi, un buon prosecco per cominciare e del moscato dolce insieme al dessert."

"Non ricorda nient'altro, Marietto?"

"Sto cercando di pensare alla serata. Non mi pare, forse ho notato una certa irritazione di Linda, quella bellissima attrice, nei confronti di George. Gli ha dato più di una volta una risposta secca. Pareva che non vedesse l'ora di andarsene. Ho anche chiesto a Christopher se era tutto a posto. Temevo che non le piacessero le mie portate. Sa, queste star sono a volte talmente difficili! Come le ho detto, se fosse stato per me avrei preparato qualcosa di più raffinato e creativo!"

"E Christopher cosa le ha detto?"
"Gentile, come sempre, mi ha spiegato che non c'erano problemi. Ha detto che Linda probabilmente era solo un po' stanca, ma era entusiasta della serata."
"A che ora se ne sono andati?"
"Credo verso le 22. Ce ne siamo accorti, perché ne abbiamo parlato con Ferruccio. Ci sembrava un po' presto per concludere una serata."
"Grazie mille, Marietto! Mi è stato di grande aiuto!"
"Si immagini! Se dovesse avere altre domande, sono a sua disposizione! Non sia troppo cattiva con Christopher. Sono sicuro che non è stato lui. È una persona così generosa! Dopo che ci siamo incontrati non solo mi ha pagato in anticipo, ma mi ha lasciato una grossa mancia, al punto che, come sa, sono sparito per un paio di giorni a festeggiare... Anche di questo non faccia parola con Ferruccio! Del resto il signor Cipriani mi ha anche detto che ha pagato in anticipo pure l'*Harry's Bar*. Voleva che la serata fosse perfetta!"
"Alla fine non pare però riuscita come si immaginava" si permise di dire Lombardo, che fino a quel momento era rimasto ad ascoltare con attenzione.

Übung 67: Füllen Sie die passenden Wörter in die Lücken des Rezeptes! ***(ridurre – di legno – minuti – pelle – scolarlo – fuoco – di nuovo – bollire – casseruola – baccalà – d'oliva)***

Baccalà mantecato alla veneziana (per 4 persone)
Ingredienti:
1 kg di baccalà già ammollato, sale, aglio, olio, pepe, prezzemolo

Preparazione:
Mettere il ____________________ in una ________________________.

Coprirlo di acqua e metterlo sul ________________. Attendere che cominci a ________________, quindi togliere la schiuma dal liquido e lasciare a riposare per 20 ________________ col recipiente coperto. Alla fine ________________. Provare il baccalà, se non è tenero, farlo bollire ___________ per almeno 10 minuti. Quando è pronto, levargli la ___________, aprirlo, togliere le spine e la lisca e ___________ la polpa in briciole. Mettere il pesce in un recipiente possibilmente a fondo convesso, mescolarlo con un cucchiaio ___________, facendovi cadere a filo dell'olio ______________. Continuare a sbattere il tutto finché il pesce non è amalgamato. Deve essere cremoso e bianco. A questo punto unire ancora olio e aggiungere aglio, pepe, sale e prezzemolo.

Marietto se ne andò salutando animatamente entrambi. Aveva ancora molto lavoro da sbrigare in cucina.

Rosa si alzò. Erano già le tre e quaranta. Il tempo era volato.

Salutarono Ferruccio, che fece il baciamano a Rosa sotto gli occhi stupiti di Lombardo.

"Gentilissimo commissario Nicoletti! È sempre un piacere averla qui. Torni presto a trovarci. Una donna così bella è sempre benvenuta!" disse Ferruccio rivolgendosi a Rosa.

Lombardo dovette trattenersi. Non era di natura un uomo violento, ma un intellettuale. Salutò quindi quasi con disinvoltura, anche se non poté evitare di arrossire un po' per la rabbia.

"Ludovico, ti senti bene? Il vino ti ha dato forse alla testa?" gli disse Rosa notando qualcosa.

"A questa donna non sfugge proprio nulla!" pensò Lombardo.

"Non è niente, Rosa. Solo un po' di agitazione. Sbrighiamoci, altrimenti rischi di arrivare in ritardo!"

Übung 68: Ergänzen Sie die Substantive mit dem richtigen Verb!
(sciogliere – montare – sbucciare – pelare – sgusciare – mantecare – tritare – sbattere – rosolare – affettare – macinare – scolare)

1. ________________ il salame.
2. ________________ la panna.
3. ________________ le uova.
4. ________________ il prezzemolo e l'aglio.
5. ________________ le patate.
6. ________________ la salsa.
7. ________________ la carne.
8. ________________ i piselli.
9. ________________ la pasta.
10. ________________ la frutta.
11. ________________ il pepe.
12. ________________ il burro.

Piazza San Marco brulicava di gente, come ogni pomeriggio a quell'ora.
Rosa e Lombardo urtarono quasi contro un bambino con un sacchetto di plastica pieno di granoturco per nutrire i piccioni.
Gli uccelli gli si affollavano intorno alla mano e perfino sulla testa, avidi di mangime. Rosa si fece largo tra i colombi muovendo nervosamente la mano.
"Questi piccioni! Bisognerebbe fare una strage!" constatò di nuovo Lombardo.
"Caro Ludovico, ma non eri un animalista convinto?"

"Sì, ma piano piano sto cambiando idea..."
Rosa e Lombardo si guardarono e sorrisero complici.
Intanto la musica dei due principali caffè di Piazza San Marco, il *Florian* e il *Quadri*, imperversava tra i turisti. Sembrava che le due orchestrine gareggiassero per sfoggiare le migliori note con variazioni e improvvisazioni dalla musica classica al jazz.
Rosa fece un cenno a Lombardo e svoltò per il *Caffè Quadri*.
Dietro il vetro notò Christopher, che si era seduto a un tavolo e stava bevendo un cappuccino.

ÜBUNG 69 !

Übung 69: Um welche Küchenutensilien handelt es sich? Setzen Sie ein! ***(mezzaluna – tagliere – apriscatole – friggitrice – scolapasta – grattugia – frullatore – schiaccianoci – oliera – presina – matterello – pepiera – frusta – spremiagrumi)***

1. Lo si usa per aprire le scatole di piselli. ______________
2. Lo si usa per stendere la pasta fresca. ______________
3. La si usa per prendere le pentole calde. ______________
4. Contiene il pepe. ______________
5. Contiene l'olio. ______________
6. Serve per grattugiare il formaggio. ______________
7. Serve per aprire le noci. ______________
8. Serve per scolare la pasta. ______________
9. Vi si tagliano gli affettati. ______________
10. Vi si fanno i frullati. ______________
11. Vi si spremono le arance. ______________

12. Vi si friggono le patate. ______________

13. Si usa per tritare il prezzemolo. ______________

14. Si usa per montare la maionese. ______________

Lombardo aspettò fuori, confondendosi tra la folla per non essere notato.
Si mantenne a distanza di sicurezza, di fronte alla vetrina di un gioielliere.
Da lì riusciva a controllare l'uscita.
Avrebbe seguito Christopher non appena Rosa avesse finito con lui.
Rosa entrò con passo deciso.
Christopher si alzò per farsi notare.
Aveva ancora un aspetto molto stanco. Non pareva essersi ripreso.
"Commissario Nicoletti, sono qui come vede. La prego però di fare presto, perché non mi sento ancora molto bene."
Adesso Christopher aveva un tono decisamente meno disponibile e più seccato della prima volta che l'aveva sentito.
O forse era nervoso.
Continuava infatti a muovere le mani. Non riusciva a stare fermo un secondo.
"Non si preoccupi. Cercherò di essere più chiara e veloce possibile. Cominciamo subito. Mi racconti cosa avete fatto il pomeriggio, prima di incontrare gli altri all'*Harry's Bar*."
Christopher portò una mano alla testa, come per cercare di ricordare.
"Mi ricordo di averla notata ai *Do Mori*, commissario Nicoletti."
"Si ricorda di me? Che memoria!"
"Forse se ne dimentica, ma anche Lei è una bella donna. È facile ricordare un viso come il suo. Comunque ci siamo alzati tardi ed è stato in effetti il primo posto dove siamo finiti. Siamo scesi alla fermata di Rialto."

"Sembravate già molto allegri!"
"Avevamo già provato dopo un'ora un giro di Tocai, Cabernet e Merlot. Insieme abbiamo mangiato dei *cicheti* al baccalà mantecato. Non so se lo sa, ma i *Do Mori* ne fanno una versione loro, un po' più piccante del solito, con un tocco di sedano, prezzemolo e aglio."
"Ho la sensazione che ne sappia più di me di Venezia!"
"Sono innamorato della sua città, commissario Nicoletti. Un giorno mi piacerebbe viverci."

ÜBUNG 70

Übung 70: Wie kochen Sie das Fleisch? Übersetzen Sie!

1. gegrillt ____________________
2. blutig ____________________
3. in der Pfanne ____________________
4. durchgebraten ____________________
5. im Wasser gekocht ____________________
6. in Soße gekocht ____________________

Rosa cercò di riportare il discorso sull'argomento che le interessava. Accavallò le gambe di fronte a Christopher e partì decisa:
"E poi cosa è successo? So che non ha molto tempo e non voglio trattenerla più del necessario."
"La ringrazio per la premura" le disse Christopher, tornato per un attimo simile all'uomo che aveva visto sulla terrazza dell'*Excelsior*. "Commissario, scusi se le sembro strano, ma non mi rendo davvero conto di cosa è successo. Mi pare di vivere in un film!" sbottò guardandola negli occhi.

"Beh, ci dovrebbe essere abituato..."
"Purtroppo non ci si abitua mai. Ho sfiorato più volte l'esaurimento nervoso per cercare di uscire da un ruolo che avevo dovuto sostenere per mesi di lavorazione. Mi creda, quello dell'attore non è un mestiere facile come sembra."
"Immagino... Ma dove siete andati allora dopo?"
"All'*Antico Dolo*. Volevo che George provasse la *trippa rissa*, la trippa tipica di quel *bàcaro*. Purtroppo non gli è piaciuta molto. E allora l'ho portato alle *Do Spade*, che mi pare sia l'osteria più vecchia di Venezia, vicino alle Carampane."
"Sa cosa vuol dire questa parola? Deriva dalle "ragazze facili", prostitute che un tempo abitavano in quella zona e la sera si mettevano alle finestre a seno scoperto, vicino a un luogo davvero significativo per il nome che porta: 'il Ponte delle Tette'."
"Questa storia non la conoscevo. So che invece si racconta che in una stanza di questo *bàcaro* trascorse una notte anche Casanova, una volta. Lo raccontai a George, che da tempo sognava di interpretare il ruolo di quel donnaiolo veneziano."
"Il sogno di molti uomini, immagino..."
"Non il mio. Sono un tipo più romantico. Abbiamo comunque preso alcuni *paperini*, nome coniato nel locale per indicare dei tramezzini piccanti a base di *codeghin* o *museto*, come sa delle specie di salami, o con le seppie o il baccalà."
"Siete andati a zonzo per Venezia, un po' qui un po' là, quindi?"
"Non avevamo una meta precisa. Da artisti, abbiamo improvvisato e, dopo diversi giri di *ombre*, non riuscivamo nemmeno a seguire un itinerario preciso. È stata una giornata incantevole! Non posso credere che George ora sia..."
"Sia stato assassinato. Purtroppo è una dura realtà. Avete poi incontrato gli altri? E non avete mai incontrato nessun altro durante il pomeriggio?"

"Ogni tanto qualche fan ci fermava per chiederci un autografo. Nulla di sospetto, però, direi. Si trattava per lo più di ragazzine scatenate. Verso le 17 siamo finiti da *Bentigodi*, tra il vivacissimo rio San Leonardo e il Ghetto. Abbiamo bevuto un aperitivo. Ho consigliato un prosecco, un Cartizze. George ha molto apprezzato, anche se, dopo aver bevuto un bel po', si era intristito e mi aveva raccontato di Linda. Avevano avuto un litigio il giorno prima. Abbiamo ordinato ancora del cibo: polpettine, frittate, verdure fritte e sarde ripiene. Non tanto per la fame, quanto per sfizio. A entrambi piaceva molto la cucina italiana. E questi *cicheti* veneziani sono così buoni che non saziano mai!"

ÜBUNG 71 !

Übung 71: Wie kochen Sie Gemüse? Übersetzen Sie!

1. fritte ____________________
2. alla griglia ____________________
3. lessate ____________________
4. al vapore ____________________
5. saltate in padella ____________________

"E quella donna dai capelli rossi?"
"Ne abbiamo parlato qui e là, ma solo di sfuggita. George pensava a un'avventura di una sera, ma nulla di più. Io gli dissi che forse non era molto saggio, trattandosi di una fan. Ma lui mi rispose che in fondo era un'aspirante attrice, proprio come eravamo stati noi. "E Linda?" gli domandai. "Cosa pensi che succeda stasera se ti vede andare via con un'altra?" Lui mi rispose che l'avrebbe incontrata da solo dopo, allontanandosi con una scusa."
"E niente altro?"

"Ah, sì… Mi confidò pure con uno sguardo triste che pensava che Linda avesse una relazione con Patterson."

Übung 72: Auf welche Art und Weise kann man Nudeln kochen? Übersetzen Sie!

1. al dente ____________________
2. al forno ____________________
3. al burro ____________________
4. scotta ____________________
5. cotta ____________________

"Commissario Nicoletti, le ho detto davvero tutto quello che so. Ora dovrei andare. Sono venuto a Venezia per incontrare anche un'altra persona."
"Di chi si tratta?"
"Non crede che sia una domanda personale?"
"Sto indagando su un omicidio, signor Damon. Non pensa che abbia tutto il diritto di chiedere?"
"Scusi, ma come nota sono fuori di me, oggi. È una vecchia amica dei tempi dell'università, un'italiana. Preferirei non fare il suo nome, se possibile."
"Le farò sapere. Mi terrò in contatto con Lei nei prossimi giorni."
"Resto a sua disposizione per qualsiasi cosa. Oggi però mi deve scusare, ma sono davvero sconvolto. Mi dia un paio di giorni e riuscirò a esserle di maggiore aiuto."
"A presto, Christopher!"
Damon salutò Rosa con una decisa stretta di mano, guardandola dritta negli occhi.

Lei notò però qualcosa di sfuggente in lui.
Ebbe l'impressione che nascondesse qualcosa.
Fu felice di pensare che fuori c'era Lombardo che l'avrebbe seguito.
Appena Christopher varcò la soglia, gli inviò un sms.
"Sta arrivando. Sii pronto! E, mi raccomando, attenzione!"
Lombardo rispose all'istante.
"Agli ordini, Rosa."
Rosa lanciò un'occhiata fuori e lo vide seguire trafelato Christopher da lontano.
"Speriamo bene!" mormorò dentro di sé.
Si avviò poi verso il commissariato. Voleva controllare di persona se c'erano novità. Sapeva che Lombardo l'avrebbe chiamata da un momento all'altro.
Il tempo non era molto e pensò di passare a sentire da Rodolfo se c'erano sorprese. Era l'unica cosa che poteva fare.

! ÜBUNG 73

Übung 73: Welche italienische Käsesorte ist gemeint? Setzen Sie ein!
(mozzarella – pecorino – mascarpone – gorgonzola – parmigiano – stracchino)

1. Ha una muffa verdastra. ______________________
2. Si grattugia sulla pasta. ______________________
3. Serve per fare il tiramisù. ______________________
4. Viene prodotto col latte di pecora. ______________________
5. È bianca e immersa nel suo liquido. ______________________
6. E' morbido e cremoso. ______________________

Lombardo si sentiva piuttosto elettrizzato.
Non aveva mai preso parte in prima persona a un pedinamento.
Christopher non pareva avere una meta precisa. Sembrava per lo più andare a zonzo tra le calli in direzione Rialto, fermandosi ogni tanto di fronte a qualche vetrina. In questi casi Lombardo si nascondeva nella calle più vicina. Una volta utilizzò addirittura uno specchietto che portava per fortuna nella borsa con i documenti dell'università. Glielo aveva regalato sua madre. Gli diceva che era sempre spettinato e lo usava a volte per darsi un'occhiata prima di presentarsi davanti agli studenti.
Mai avrebbe immaginato di usarlo in un'occasione del genere.
Christopher entrò in un negozio di maschere.
Ne uscì con una *bautta* nera, dopo quasi mezz'ora di prove e di contrattazioni.
A Lombardo parve pure che flirtasse con la ragazza della bottega, che stava dipingendo una maschera di Arlecchino e portava un grembiule con macchie di diversi colori.
Sorrise molto a Christopher, ma non lo riconobbe.
"Certo è strano che un uomo disperato per la morte dell'amico si dia allo shopping!" meditò Lombardo.
Rosa gli aveva raccontato che lo aveva visto distrutto. Anche al *Caffè Quadri*, mentre parlava con lei, aveva un aspetto prostrato.
Ora invece si muoveva con passo deciso in giro per Venezia.
Si avviò dapprima verso Campo Manin e poi scese da un ponte verso Campo Sant'Angelo, per tagliare all'interno verso il Teatro della Fenice.
Si fermò solo un'altra volta in un negozio di carta e vi acquistò una preziosa penna in vetro di Murano.
La commessa gli fece provare diversi tipi di inchiostro e Christopher scelse quello rosso. Pagò con la carta di credito.

"È anche appassionato di oggetti di vetro…" notò Lombardo, che ormai si sentiva un segugio, un vero cane da caccia.
Dopo quella sosta, Christopher affrettò il passo, tanto che Lombardo faceva fatica a seguirlo. Rischiò di perderlo un paio di volte tra la folla dei turisti e nel labirinto delle calli .
Stava chiaramente tornando nella zona di San Marco, ma muovendosi velocemente per le calli interne. Sbucarono su Fondamenta Orseolo. Da lì Christopher si spostò per Calle Fiubera fino alla Chiesa di San Zulian, per proseguire fino al Campo di Santa Maria Formosa.
Lombardo era distrutto. Maledì le scarpe nuove che avevano cominciato a fargli male. Per fortuna il suo uomo si fermò in un caffè del campo.
Si sedette e ordinò un bicchiere di vino bianco.
Lombardo decise di sedersi a un tavolo un po' più in là.
In fondo non lo conosceva e da lì mandò un sms a Rosa con l'indicazione di dove si trovava.
"Certo che questi sms, che invenzione!" pensava tra sé.
Perfino a livello investigativo si rivelavano utili e una telefonata sarebbe stata impossibile in quel momento.
Lombardo ordinò un caffè macchiato e si mise in attesa.

! ÜBUNG 74

Übung 74: Setzen Sie die passenden Wörter in die Lücken!
(prosecco – digestivo – birra – bicchiere di vino – caffè – aperitivo)

1. Sorseggiare un ____________________ .

2. A fine pasto si beve un ____________________ .

3. In Baviera si beve la ____________________ dal boccale.

4. Prima di cena si prende un ______________________ .

5. Alla fine di un lauto pasto si prende un ______________________ per digerire.

6. Con i salatini di antipasto è ideale un bicchiere di ___________.

Una grossa sorpresa aspettava Rosa al commissariato.
Appena arrivata notò che c'era una grande confusione in giro.
In particolare, un paio di cronisti del *Gazzettino* assediavano Rodolfo facendogli un sacco di domande.
"Commissario Nicoletti, ha sentito?" le fece un giovane collega.
"No, sono appena arrivata..."
"Hanno arrestato l'assassino di George Brandly."
"L'assassino? Impossibile, sto ancora indagando! Chi hanno arrestato?"
"Linda Splendor."
"Linda? Linda, l'attrice? Ma come è possibile? Non è stata lei!"
"Ci sono prove schiaccianti! Un taxista sostiene di averla vista verso le 23, dopo che era da poco rientrata in albergo, uscire di nuovo dall'*Excelsior*. Rodolfo ha interrogato il taxista che l'ha accompagnata di nuovo a San Marco. Era proprio lei. Aveva un vestito rosso, si era avvolta la sciarpa sulla bocca per il vento e il fresco della sera e indossava un mantello nero."
"Ma è sicuro che si trattasse proprio di lei?"
"Sicurissimo! Inoltre, dopo un'ulteriore autopsia, è stato trovato anche del veleno nel sangue di George. Credono che glielo abbia versato lei nel bicchiere la sera della cena. Il veleno impiega almeno un paio d'ore per fare effetto. È un tipo di veleno davvero subdolo."
"Questo renderebbe possibile il fatto che Linda, pur essendo così filiforme, sia riuscita a uccidere un uomo corpulento come George! Ma c'è qualcosa che non mi convince..."

Rosa vide passare Rodolfo. Evidentemente aveva indagato alle sue spalle per conto suo.
"Rosa, mi dispiace… Parliamone domani. Come vedi, sono molto impegnato. Devo rispondere alle domande dei giornalisti. Inoltre stiamo aspettando l'avvocato della signora Splendor. Non vuole parlare prima… Ha chiesto di vederti, ma non credo sia il caso. Ora scusami, ma devo veramente andare!"
Rosa avrebbe voluto mandarlo al diavolo, ma si trattenne. Preferì non dire nulla.
Si diresse piuttosto verso la stanza dove si trovava Linda.
Era in lacrime, seduta su una sedia, tra due carabinieri.
Uno di loro continuava a passarle fazzolettini di carta per farle asciugare gli occhi.
Rosa non l'aveva mai vista in quello stato. Nemmeno nella stanza di Patterson.
A proposito, dov'era Patterson?
Appena la vide, Linda le corse incontro.
"Rosa, Rosa, Lei lo sa, vero, che non sono stata io?"
"So che non è stata Lei, ma ho bisogno che cerchi di ricordare tutti i particolari di quella sera. A che ora è andata da Patterson? Proprio verso l'una?"
"Purtroppo sì, prima ho fatto un bagno nella mia stanza. Non ho alcun testimone a mio favore. E non so se glielo hanno già detto… Pare che abbiano trovato anche la collana di rubini. Anche Patterson non mi parla più, quindi, pensano che sia io la ladra…"
"Ma è ridicolo, la collana era un regalo per Lei. A proposito, non ci davamo del tu? La collana era un regalo per te. Non avevi ragione di rubarla."
"Credono che l'abbia fatto, sperando che Sam me ne regalasse una nuova. In questo modo ne avrei avute due!"

"Linda, ascoltami. Cerca di stare calma. Vedrai che tutto si risolve per il meglio. Abbi fiducia in me. So che non sei stata tu! Lasciami indagare. Vedrai che la verità verrà a galla! Tu intanto cerca di essere più tranquilla che puoi. È importante mantenere il sangue freddo. Non dovrebbe essere difficile per te... Immagina di vivere in un film!"

"Facile a dirsi... Ma sto imparando che la vita è molto più dura della finzione!"

"Adesso devo andare, Linda. Non c'è tempo da perdere. Ma ti assicuro che tornerò al più presto!"

"Ho fiducia in te, Rosa!"

"A dopo, Linda. Vedrai che ci metterò meno di quanto credi..."

Übung 75: Welche Verben und Substantive gehören zusammen? Verbinden Sie!

ÜBUNG 75 !

1. mantenere	a) gli occhi
2. fare	b) un boccone
3. inghiottire	c) la barca
4. asciugarsi	d) la spesa
5. spazzolarsi	e) i nervi saldi
6. frequentare	f) i capelli
7. remare	g) una scuola

Appena uscita dal commissariato, Rosa sentì il segnale dell'sms di Lombardo. Lo lesse e si avviò decisa verso Campo Santa Maria Formosa.

Era talmente infuriata che quasi inciampò, scendendo da un ponte. Rodolfo si era dimostrato proprio quello che aveva sempre sospettato.

Ora però doveva scoprire davvero al più presto chi era l'assassino, prima che la situazione degenerasse.
Dal commissariato fino a dove si trovava Lombardo ci volevano almeno una ventina di minuti. Lei ne impiegò dieci.
Il profilo della chiesa le apparve di fronte imponente e sinistro, quasi a volerla ammonire, come se si trattasse di un presentimento.
Scorse il caffè che aveva nominato Lombardo nel suo sms.
Notò subito Christopher e dietro di lui, a un altro tavolo poco lontano, Lombardo.
Si mantenne a distanza di sicurezza e si appartò in una calle.
Mandò subito un sms a Lombardo.
"Sono anch'io qui. Vi sto tenendo d'occhio. Informami per sms se senti qualcosa. Quando vi muoverete vi seguirò anch'io a distanza."
Lombardo tirò fuori dalla tasca il cellulare e lesse il messaggio.
Subito dopo cominciò a guardarsi intorno, come alla ricerca di Rosa.
Christopher se ne stava invece seduto a sorseggiare il suo cappuccino.
Nel frattempo leggeva un giornale.
Si sporcò con la schiuma la camicia azzurra ed entrò nel caffè per andare alla toilette e smacchiarsi.
Per un attimo i suoi occhi incrociarono quelli di Lombardo, che era visibilmente agitato, ma parve non farci caso.
Non appena Christopher scomparve nel locale, Rosa dalla calle fece un lieve cenno a Lombardo.
Bastò a farlo ritornare tranquillo; probabilmente si era preoccupato per lei.
Rosa gli inviò un altro sms.
"Tutto bene, Lombardo. Mi raccomando, resisti! Ho come la sensazione che stia per accadere qualcosa."
Lombardo aprì di nuovo il cellulare e lesse.

Sorrise soddisfatto, forse capendo che Rosa era fiera di lui e del lavoro che finora aveva svolto.
"In fondo, le altre volte ero stato io a impicciarmi delle sue faccende, senza averglielo chiesto prima… Stavolta invece è stata lei a chiedermi un aiuto" rimuginò Lombardo che, a dire il vero, si era anche divertito durante l'inseguimento.
Un po' di avventura in più nella sua tranquilla vita di professore universitario alla fine non faceva proprio male.

Übung 76: Was passt zusammen? Setzen Sie ein! ***(alla gola – pelo – nella brace – in bianco – di sicurezza – sotto il naso – fumo)***

1. distanza ____________________
2. notte ____________________
3. avere la puzza ____________________
4. cadere dalla padella ____________________
5. i piani andarono in ____________________
6. avere l'acqua ____________________
7. Per un ____________________!

Christopher tornò al suo tavolo dopo una decina di minuti e sembrava molto rilassato.
Al momento stava mettendo in mostra un'altra faccia.
Rosa non lo riconosceva in questo comportamento.
Quando lo aveva incontrato pareva in ogni caso triste, disponibile e sconvolto.
Al *Caffè Quadri* era forse più nervoso e seccato a causa dell'interrogatorio, ma era pur sempre disperato e scioccato, quasi incapace di parlare per il dispiacere.

Il ragazzo americano che le si presentava ora di fronte era invece rilassato, come se nulla fosse accaduto.

Per certi versi sembrava addirittura felice.

Si comportava come un turista qualsiasi in vacanza a Venezia. Non aveva certo l'aspetto di un uomo a cui era stato ucciso la sera prima il migliore amico.

Christopher scosse di lato il ciuffo di biondi capelli e guardò dritto nella sua direzione.

Rosa si ritrasse nella calle, sperando che non l'avesse vista.

In quel mentre, sentì un gatto che le si strofinava contro.

"Sei molto carino… Ma direi che non è proprio il momento…"

Rosa lo allontanò dolcemente con la gamba e continuò a fissare Christopher, che intanto guardava abbastanza infastidito l'orologio. Probabilmente stava aspettando qualcuno.

Il gatto, bianchiccio e abbastanza grasso, si avviò lentamente verso il campo. Si coricò proprio nel mezzo, quasi volesse prendere il sole, pigro e sornione.

Rosa si stava distraendo per seguire i suoi movimenti, quando improvvisamente accadde qualcosa.

ÜBUNG 77 !

Übung 77: Bilden Sie Adverbien zu den Adjektiven!

1. lento ____________________
2. veloce ____________________
3. violento ____________________
4. naturale ____________________
5. certo ____________________
6. allegro ____________________

Da un angolo del campo si fece avanti una donna dai capelli rossi. Era la stessa che aveva visto ai *Do Mori* e all'*Hotel Excelsior*, portava un paio di occhiali da sole neri, ma era chiaramente riconoscibile. Attraversò il campo e si diresse sicura al tavolo di Christopher.
In quel momento, Lombardo inviò un sms a Rosa.
"La rossa era la donna che era seduta al tavolo dell'*Harry's Bar* dietro di noi. Spero che non mi riconosca..."
All'*Harry's Bar*?
Allora quella donna aveva seguito anche lei, Rosa, per buona parte della giornata.
Il suo presentimento era esatto. Doveva essere coinvolta nell'omicidio di George e ancora più di quanto Rosa immaginasse.
Avevano probabilmente smesso di essere prudenti, perché sapevano bene che Linda era stata arrestata.
Si credevano quindi al sicuro, adesso.
Del resto le prove contro Linda erano schiaccianti.
Qualcuno l'aveva vista ed era stata perfino trovata la collana nella sua stanza, il che avvalorava ancora di più l'ipotesi che Linda fosse una bugiarda. Tutto questo rendeva razionalmente possibile che Linda fosse anche l'assassina.
Nel corso della sua lunga carriera Rosa aveva però imparato che non bisogna mai fidarsi delle apparenze.
Quello che sembra non è sempre, anzi il più delle volte non è la realtà, purtroppo.

Übung 78: Wie lautet der Plural der Substantive? Setzen Sie ein!

ÜBUNG 78 !

1. assassina ____________________

2. film ____________________

3. caffè ____________________

4. valigia ____________________

5. ciliegia ____________________

6. spiaggia ____________________

Rosa lanciò un'altra occhiata ai due. Sperò che la donna non avesse riconosciuto Lombardo, ma al momento pareva avere occhi solo per Christopher.

Lui si era alzato al suo arrivo.

Non solo l'aveva abbracciata forte, ma l'aveva pure baciata per un attimo teneramente sulle labbra.

Poteva comunque essere anche il bacio di un vecchio amico. Per il momento non c'erano segni inequivocabili che i due stessero insieme o avessero una relazione.

Erano comunque molto intimi.

Rosa si ricordò che quando la donna si era avvicinata ai due attori ai *Do Mori* per chiedere un autografo a George, Christopher aveva fatto chiaramente finta di non conoscerla.

Adesso le teneva la mano, mentre lei parlava e raccontava.

Una cosa era strana, però.

ÜBUNG 79 !

Übung 79: Bilden Sie den Superlativ der Adjektive!

1. travestita ____________________

2. vestito ____________________

3. tranquillo ____________________

4. impegnato ____________________

5. alta ______________________

6. leggero ______________________

A differenza di Christopher, quella donna pareva alquanto confusa e sconvolta.
Rosa notò che le tremavano leggermente le mani.
A un certo punto non ebbe più dubbi.
La ragazza scoppiò in lacrime.
Christopher tirò fuori dalla tasca un fazzoletto di carta e le passò un braccio intorno alla vita, come per cercare di consolarla.
Lei continuava però a parlare e a parlare. Pareva che non si desse pace.
Stettero così per una buona mezz'ora, lei impegnata a raccontare, lui a tranquillizzarla.
Le diede anche un bacio sulla fronte e poi le prese le mani, come per rassicurarla.
Alla fine i due si alzarono e Rosa si rese conto che quella donna era abbastanza alta.
E se non si fosse trattato di Linda, ma di una donna che si era vestita come lei?
Quando i due si salutarono, dandosi sempre un bacio sulle labbra, e fecero per allontanarsi, Rosa inviò un messaggio a Lombardo.
"Tu segui lui, io penso a lei!"

Übung 80: Lesen Sie weiter und unterstreichen Sie die Adverbien!

Lombardo era felice di potersi finalmente alzare da quel tavolo.
Il cameriere era particolarmente zelante e non gli aveva dato tregua.
Aveva ordinato in sequenza: due caffè, una cioccolata e un succo di frutta alla pera.

Era terrorizzato che il cameriere gli si avvicinasse di nuovo insistente per la prossima ordinazione.
Lombardo era di natura un timido e, messo sotto pressione costante, non era chiaramente in grado di ribellarsi.
Era un uomo tranquillo che evitava i confronti. La sua natura era molto diversa da quella combattiva e passionale di Rosa.
Lombardo era più romantico e sognatore.
In questo caso, per esempio, preferiva ordinare e pagare, invece di litigare col cameriere.
Non voleva farsi notare. Temeva che la donna lo riconoscesse se si fosse voltata.
Non era riuscito a sentire nulla della conversazione tra Christopher e lei.
Aveva allungato le orecchie, naturalmente. Ma nulla.

Lombardo non aveva mai imparato bene l'inglese. Come molti suoi connazionali non amava molto le lingue straniere. Aveva imparato a leggerlo e guardava volentieri i film stranieri in lingua originale con i sottotitoli, come tutti i veri cinefili.
Non aveva invece molta dimestichezza con l'inglese parlato.
Da quello che era riuscito a sentire, i due comunicavano in italiano.
Si ricordò, infatti, che Christopher aveva trascorso un periodo a Venezia quando era studente e lo dimostrava la familiarità nel muoversi per la città, simile a quella di un autentico veneziano.
Lombardo lasciò un attimo di tempo a Christopher per allontanarsi e poi lo seguì come prima, tenendosi a distanza.
Per Rosa l'inseguimento era molto più difficile, visto che quella donna la conosceva.
Sperò che non si voltasse mai verso di lei.
Cercava di mantenere una certa distanza, ma c'erano momenti in cui non poteva né ritirarsi in un negozio né scomparire in un'altra calle.

Certe calli veneziane sono insidiose, lunghe e strettissime, senza alcun possibile nascondiglio.
Se la perdeva d'occhio, rischiava davvero di non capire dove aveva svoltato.
La donna aveva comunque un passo deciso e una gonna a fiori che la rendeva particolarmente riconoscibile tra la gente.
Da Campo Santa Maria Formosa si diresse, cambiando più volte direzione, ma senza deviazioni in negozi o altro, fino a Campo San Polo.
Lì sparì dietro il portone di una casa.
Rosa guardò il campanello. C'era un solo nome: Marzani.
Questo lasciava supporre che fosse solo lei ad abitare in quella casa.
Pareva un appartamento, forse su due piani. Era una bella casetta rosa con le ante verdi alle finestre e delle tendine di pizzo.
Rosa era davanti al vetro di una delle finestre quando sollevò lo sguardo.
Di fronte si trovò la donna coi capelli rossi che la fissava con due occhi azzurri attoniti.
A questo punto non c'era scampo.
Rosa bussò delicatamente sul vetro. La donna rimase per un attimo interdetta, forse stava pensando di sparire dietro la tenda, ma alla fine aprì.
"Credo proprio che dobbiamo parlare..." le disse Rosa decisa.
Strinse la borsa a sé, allungando una mano verso la pistola.
Quella donna pareva innocua, ma non si poteva mai sapere. Forse era lei l'assassina, anche se Rosa ne dubitava.
"Lo credo anch'io..." le rispose la donna.
Un minuto dopo le aprì la porta e la condusse in salotto silenziosa e con gli occhi bassi.

ÜBUNG 81 !

Übung 81: Welche Präposition passt in die Lücke? Setzen Sie ein!
(di – in – da – col – su – con – con)

1. La ragazza la guardò _____ gli occhi bassi.
2. Lombardo si vuole fidanzare _____ Rosa.
3. Non si può mai contare _____ di lei.
4. A Roberto piace giocare _____ fuoco.
5. Luciano ha deciso di dimettersi _____ quell'incarico.
6. Lucia sperava _____ un cambiamento della situazione.
7. Osvaldo si è convinto _____ lasciar perdere.

Rosa prese posto su una poltrona, così fece l'altra donna. Per un momento si guardarono in silenzio, senza dirsi nulla.
"Allora, vogliamo cominciare? Ha ucciso Lei George Brandly?"
"Le assicuro che non sono stata io."
"Allora è stata Lei insieme a Christopher. O è stato solo lui e Lei l'ha aiutato?"
La donna scoppiò a piangere.
"Non è come crede, le assicuro!"
Rosa mantenne la calma e pensò di usare un tono meno minaccioso e più confidenziale, per convincerla a parlare.
"Come si chiama?"
"Lucia."
"Lucia, mi ascolti bene. La faccenda è molto seria e complicata. Un uomo è stato ucciso. Se Lei decide di collaborare con la polizia le posso assicurare che il giudice ne terrà conto. Se continua però a mentire o a nascondere cosa è davvero accaduto, rischia di trascorrere gran parte o tutta la sua vita in carcere, se si dovesse scoprire che è stata Lei a pugnalare George. Non sono state trovate impron-

te digitali sul cadavere, ma sono certa che con un'indagine più accurata si possono trovare magari tracce di Dna o altro..."

"Ma non sono stata io! Non c'entro davvero nulla con tutto questo!"

"Allora mi racconti tutto! E subito! Christopher ha fatto finta per ben due volte di non conoscerla! Una volta ai *Do Mori*, quando Lei ha chiesto l'autografo a George e poi perfino con me, sotto interrogatorio, mi ha detto che non sapeva chiaramente chi Lei fosse. Mi ha raccontato che era una fan, un'aspirante attrice..."

"Ma io sono un'aspirante attrice ed ero una fan di George!"

"Ma in ogni caso conosceva Christopher... Il signor Damon ha mentito a un commissario di polizia e già solo questo è abbastanza grave! Anche se esistesse un motivo!"

"Christopher mi voleva solo proteggere! Non voleva che fossi coinvolta in questa brutta faccenda. E poi mi ha detto chiaramente anche oggi che le circostanze sono contro di noi, che la polizia potrebbe pensare male... Io avevo cercato di avvicinarla più di una volta, commissario Nicoletti. Una volta l'ho perfino seguita fino all'*Harry's Bar*. Non credo che Lei mi abbia notato, anche se mi ero accorta che mi aveva vista in un paio di altre occasioni. Alla fine ho sempre avuto paura di parlare. Si legge ogni giorno di gente innocente finita in carcere per errore in Italia! Temevo che Lei non mi credesse e che finisse per pensare che ero io l'assassina..."

"Tacere e nascondere tutto è stata invece una mossa astuta..."

"Sapevo in ogni caso che prima o poi mi avrebbe trovata. Ne ero sicura. L'ho ripetuto anche oggi a Christopher, quando mi ha detto che hanno arrestato il colpevole: Linda."

"La prego, procediamo con ordine... Mi racconti prima perché Lei e Christopher avete deciso di dire a George che non vi conoscevate."

"Io e Christopher ci conoscevamo da lungo tempo. Lui vinse una borsa di studio per un anno all'Università Ca' Foscari, alla Facoltà di Lettere. Frequentavamo lo stesso corso di Storia del cinema. Ci siamo subito piaciuti e innamorati, ma Christopher aveva ben altro in mente. Voleva diventare un attore! E per lui la carriera era la cosa più importante."

"Credevo che fosse arrivato al cinema grazie a George."

"George aveva avuto più fortuna di lui. Ebbe una parte solo dopo un paio di provini, per Christopher fu molto più dura. Provò e riprovò, ma niente. Solo quando George divenne una star, riuscì veramente a sfondare."

"Eravate in contatto durante quel periodo?"

ÜBUNG 82 !

Übung 82: Setzen Sie die Wörter in die passende Lücke ein!
(ovunque – davanti – là sotto – intorno – presso – laggiù)

1. L'omicidio di George è avvenuto ______________ al Consolato francese.
2. __________________ sia, non ne voglio più sapere.
3. L'ho visto girare __________________ al cinema.
4. Stava guidando l'auto _____________ gli studi cinematografici.
5. Il libro che cerchi l'ho messo __________________ .
6. Non voglio saperne di scendere __________________ .

Rosa notò che Lucia era particolarmente bella. Aveva una pelle bianchissima, punteggiata da leggere lentiggini e gli occhi molto profondi ed espressivi.

Pensò che sarebbe stata anche lei una brava attrice, anche se il suo istinto le diceva che adesso era sincera.

"Christopher mi scrisse per un certo periodo, ma poi mi raccontò di avere conosciuto la donna della sua vita: Linda. Disse che era un'attrice come lui e che avevano molte aspirazioni e sogni in comune. Me lo dovevo aspettare, del resto, visto che era da più di un anno che non lo vedevo. In quel periodo anch'io avevo cominciato a frequentare un ragazzo della compagnia del Teatro Goldoni, dove lavoravo. Decidemmo quindi di rimanere amici."

"Vi siete visti da allora?"

"Qualche volta. Christopher tornò da me per un periodo, quando Linda lo aveva lasciato per George. Era distrutto. Alla fine però decidemmo di rimanere per lo più amici, anche se qualche volta la nostra intesa va al di là della semplice amicizia. Capisce cosa intendo?"

"La mattina dopo l'omicidio l'ho vista all'*Hotel Excelsior*. Aveva trascorso la notte con Christopher?"

"Sì."

"Mi racconti ora perché avete mentito a George... Non me l'ha infatti ancora detto. E poi voglio sapere esattamente cosa è successo quella maledetta notte."

"È stata un'idea di Christopher. Voleva fargli uno scherzo. George era un giocherellone. Pensammo quindi che io sarei uscita con lui per un drink quella sera, facendo finta di essere una sua fan scatenata. Il giorno dopo ci saremmo incontrati per pranzo e gli avremmo raccontato tutto. Doveva essere un gioco..."

"Un gioco abbastanza stupido..."

"George amava gli scherzi, come le ho detto. Christopher voleva solo che ci divertissimo un po' tutti."

"Alla fine cosa è successo?"

"Gli avevo dato appuntamento alle Zattere verso le 23.30. Quando sono arrivata davanti al Consolato francese, ho notato però che George non era solo..."

"Era con un altro uomo?"

"No, c'era una donna con lui. Una bionda con un vestito rosso. George rideva come un matto, si piegava quasi su se stesso dalle risate... Alla fine le ha voltato le spalle e lei..."

"La prego, cerchi di mantenere la calma, Lucia…"
"Lei velocissima lo ha pugnalato."
"La donna era Linda?"
"Non lo potrei dire con esattezza. Non l'ho vista in volto, ma pare che il vestito e la capigliatura corrispondano esattamente a lei."

ÜBUNG 83 !

Übung 83: Setzen Sie die passende Präposition in die Lücke!
(per – su – di – in – di – da)

1. essere __________ grado
2. contare __________ qualcuno
3. innamorarsi __________ qualcuno
4. sospettare __________ qualcuno
5. allontanarsi __________ qualcuno
6. pregare __________ qualcuno

"Cosa è successo dopo?"
"La donna ha spinto il cadavere nel Canale della Giudecca. In quel momento nessuno passava sulle Zattere, a parte me. Credo che l'assassino abbia aspettato il momento adatto. Non mi ha probabilmente notata, perché sono spuntata improvvisamente. Avevo un passo veloce, perché temevo di essere in ritardo. Inoltre si è trattato di un istante. L'assassino era troppo impegnato a commettere il delitto per guardarsi intorno. E io, io… sono scappata via. Ho corso, corso, corso… finché non sono arrivata a casa e ho chiuso a chiave la porta dietro di me. Non credo che l'assassino mi abbia vista…"
"Oppure sapeva che Lei c'era e cercava un testimone…"
"Cosa intende dire?"

"Non ha mai pensato che invece di Linda si trattasse magari di un uomo travestito da donna? Ci vuole una bella forza per trascinare e buttare un uomo grande e grosso come George nel canale! Linda mi pare abbastanza esile per fare una cosa del genere, anche se pare che George fosse sotto l'effetto del sonnifero e di un veleno che lo rendeva più debole…"
"Ho notato che sembrava non reggersi perfettamente in piedi, ma credevo che fosse ubriaco. Ritiene che possa essere stato Patterson?"
"E perché non Christopher?"
"Christopher non sarebbe mai capace di fare una cosa del genere. Gliel'assicuro! Lo conosco molto bene e poi, se voleva un testimone, perché non mi ha chiesto di andare con lui alla polizia?"
"Magari alla fine ha pensato che Lei potesse aver notato qualcosa che scagionasse Linda… Lei in fondo, più che come testimone, gli serviva come esca, per attirare George lì. Cerchi di ricordare…"
"Non so come altro posso aiutarla, le ho raccontato tutto quello che so… E poi non può essere stato Christopher. Quando sono tornata a casa gli ho telefonato. Anche lui era sconvolto e mi ha detto di andare da lui. Abbiamo passato la notte insieme, Christopher era nella sua camera."
"Lo ha chiamato al cellulare?"
"Certo, come al solito."
"Come fa a dire allora che era nella sua stanza? È andata in vaporetto al Lido?"
"Sì."
"Nel frattempo lui avrebbe avuto il tempo di andare e tornare in taxi con un motoscafo. Come anche Lei sa, il vaporetto impiega molto più tempo di un'imbarcazione veloce…"
"Ma è una follia! Le dico che Christopher non sarebbe in grado di escogitare un piano tanto malefico!" sbottò Lucia alzandosi, tutta rossa in viso.

Übung 84: Lesen Sie weiter, ordnen Sie die Buchstaben in den Klammern und bilden Sie ein sinnvolles Wort!

Rosa si rese conto però di avere risvegliato in lei diversi (1. dibub) __________ e sospetti.

Lucia era una (2. arzgaza) ______________ onesta, forse anche un po' troppo ingenua.

Rammentò come Christopher era stato (3. obarv) ___________ a mentire quella mattina sulla terrazza dell'*Excelsior*, tanto da (4. ocinvecern) ______________ quasi lei, il commissario Rosa Nicoletti.

"Lucia, mi è stata di immenso aiuto. Ora me ne vado e la contatterò ancora, se ho bisogno di qualcosa. Cerchi di riposare adesso" le disse Rosa alzandosi e avviandosi alla (5. aport) ___________.

Quando fu sulla soglia, si ricordò di chiederle un'ultima cosa.

"Lucia, mi scusi, un'ultima domanda... Si ricorda con che mano l'assassino ha pugnalato George?"

"In che senso?"

"Con la destra o con la sinistra?"

"Con la destra!"

"Ne è sicura?"

"Assolutamente (6. ascuri) ______________. Perché me lo chiede?"

"Un ultimo dubbio. Mi è stata di incredibile aiuto, Lucia!"

"Si immagini, commissario. Spero solo che Lei mi creda e che io non debba subire conseguenze per non avere (7. aporlat) ______________ prima."

"Non si preoccupi. Le credo. A presto, Lucia!"

"A presto, commissario!"

Rosa si avviò verso la Ca' D'Oro. Da lì avrebbe preso il vaporetto alla volta del Lido, dove supponeva si trovasse Christopher.
Aveva come la sensazione di dovere fare presto. Christopher non aveva avuto ancora il tempo di liberarsi di tutte le prove. Poteva darsi però che lo stesse facendo proprio in quel momento.
Ci ripensò: avrebbe preso un motoscafo per arrivare all'*Excelsior*. Doveva affrettarsi!
Salì su un motoscafo e chiamò col cellulare Lombardo.
"Ludovico? Dove sei? Puoi parlare?"
"Rosa, finalmente! Sono all'*Excelsior*! Ho appena pedinato Christopher fino alla sua camera, dopo un inseguimento spettacolare in motoscafo… Avresti dovuto vedermi, Rosa!"
"Christopher è salito già in stanza?"
"Da circa mezz'ora…"
"Lombardo, devi tenerlo impegnato! Lui non ti conosce, fingiti un fan e bussa alla sua porta! Chiedigli un autografo, fagli domande sul suo ultimo film… Cerca di prendere tempo. Non deve rimanere troppo tempo da solo in camera!"
"Come vuoi Rosa! Stai arrivando?"
"Sono già a metà strada! Ma mi raccomando, Lombardo, sii prudente… Temo che sia lui l'assassino!"
"Anch'io avevo dei sospetti, in verità, dopo averlo visto con quella donna… Ora vado però; Rosa, non c'è un minuto da perdere!"
"A prestissimo, Ludovico!"

ÜBUNG 85 !

Übung 85: Welche Pluralformen sind falsch? Unterstreichen Sie!

1. motoscafo/motoscafe
2. gondola/gondole
3. albergo/alberghi
4. fiorista/fioristhe
5. assassino/assassini
6. ispettore/ispettori
7. donna/donne
8. uomo/uomeni

Appena il motoscafo toccò il molo di fronte all'*Hotel Excelsior*, Rosa saltò giù con un balzo.
Aveva già pagato il marinaio per risparmiare tempo.
Corse verso l'ascensore, ma visto che stava impiegando più del solito, salì di corsa le scale in un baleno.
In un attimo fu nel corridoio, dove Lombardo stava litigando animatamente con Christopher, che adesso pareva veramente un altro. Iroso e paonazzo in volto, stava tirando il povero Lombardo per il bavero della giacca.
"Se non si toglie di mezzo subito, non rispondo delle mie azioni!" gli urlò a squarciagola. Cameriera, cameriera! Con quello che pago, possibile che non ci sia mai qualcuno in giro, quando si ha bisogno!"
Rosa intervenne appena in tempo, per evitare che Lombardo si prendesse un pugno in faccia.

ÜBUNG 86 !

Übung 86: Beantworten Sie die folgenden Fragen zum Text!

1. Rosa saltò giù in un ________________?

2. Perché aveva già pagato il marinaio? ________________

3. Come salì Rosa? ________________

4. Come stava litigando Lombardo? ________________

5. Per cosa stava tirando Christopher il povero Lombardo?

____

"Christopher! Christopher! Si fermi! Sono io, il commissario Nicoletti, ricorda?"
Christopher mollò la presa e si fece improvvisamente più gentile.
Rosa rimase stupita dalla sua capacità di controllarsi. A lei sarebbe stato necessario almeno un quarto d'ora o più per ritornare in sé, dopo una discussione tanto animata.
"Ricordati che hai a che fare con attori, Rosa!" si ripeté.
"Commissario Nicoletti, ma che sorpresa! Che ci fa da queste parti? Mi scusi, ma ero alle prese con un fan abbastanza invadente."
"In effetti è un mio collaboratore, Christopher…"
"Ah… Si è presentato sotto altre spoglie…" ribatté Christopher, di nuovo irritato e aggressivo.
"Credo ci sia stato un malinteso" rispose pronto Lombardo. "Io sono sia un suo fan che un collaboratore e amico del commissario Nicoletti, signor Damon!"
Christopher stava già partendo all'attacco con un altro strattone, quando Rosa lo bloccò.
"In ogni caso, signor Damon, ho bisogno di parlarle. Adesso!"
"L'assassino è stato arrestato, quindi come vede mi sto preparando a partire…"
"Ha già le valigie pronte?" osò chiedere Rosa infilandosi dopo Christopher nella stanza.
Lombardo la seguì in silenzio.
"Voglio tornare a Los Angeles il più presto possibile! Voglio cercare di dimenticare e poi mi hanno telefonato, mi hanno affidato un

ruolo in un film. Doveva essere di George. Hanno pensato che io, come suo migliore amico, fossi il più adatto a sostituirlo."

"E non si preoccupa per Linda? Crede sia davvero lei l'assassina?"

Nel frattempo Rosa notò che Christopher era riuscito a preparare solo una valigia, una valigetta rossa e rigida.

Christopher a questo punto si infastidì oltre misura, pur mantenendo un tono di voce molto freddo.

"Commissario Nicoletti, a meno che non abbia prove contro di me, la prego di lasciare questa stanza. Ho già subito due interrogatori. Le ho detto tutto quello che so. Non ritengo che sia il caso di parlare ancora con Lei se non alla presenza di un avvocato."

"Ma chi le ha detto che la sospetto, scusi? Volevo farle solo qualche altra domanda..."

"Non capisco la necessità, visto che l'assassino è già stato arrestato..."

"E che mi dice di Lucia, la sua amica dai capelli rossi?"

"Non capisco di cosa stia parlando."

"Signor Damon, ho interrogato oggi Lucia Marzani. Pare che vi conosciate molto bene... Lei mi ha mentito!"

"L'ho fatto solo per proteggere Lucia, come anche Lei le avrà detto, ma sono stanco di dare tutte queste spiegazioni! Non parlerò più con Lei senza il mio avvocato. So che è mio diritto. A meno che non abbia un permesso di perquisizione, la prego di lasciare la stanza immediatamente."

"Va bene, va bene, ce ne andiamo... Non si preoccupi... Mi farò sentire presto, comunque."

ÜBUNG 87 !

Übung 87: Beantworten Sie die Fragen mit Hilfe der entsprechenden Objektpronomina!

1. Hai fatto la domanda a Christopher? No, *non gliel'ho fatta.*

2. Hai visto il nuovo film di Nanni Moretti?

No, ______________________________

3. Hai portato il regalo alla zia?

Sì, ______________________________

4. Hai spedito la lettera?

No, ______________________________

5. Hai comprato le sigarette?

Sì, ______________________________

6. Hai mandato le cartoline di Natale ai parenti?

No, ______________________________

Avvicinandosi alla porta Rosa inciampò proprio nella valigetta rossa che Christopher aveva appena preparato. Con una mossa da maestro, che stupì sia l'attore che lo stesso Lombardo, riuscì con la mano a fare scattare il meccanismo di apertura.
In una frazione di secondo la valigia si spalancò, lasciando cadere a terra il suo contenuto: un vestito da donna rosso, un paio di scarpe e una parrucca bionda.
Non c'era più bisogno né di parole, né di ulteriori spiegazioni.
"Signor Damon, la dichiaro in arresto per l'omicidio di George Brandly!"

Übung 88: Wie lautet die Infinitivform der folgenden Verben? Setzen Sie ein!

ÜBUNG 88 !

1. inciampò ______________________

2. aveva preparato ______________________

3. stupì ______________________

4. riuscì ______________________

5. spalancò ______________________

6. dichiaro ______________________

Damon cercò con un'abile mossa di lanciarsi di corsa verso la porta.

Rosa era ancora distesa a terra proprio davanti alla valigia che era riuscita abilmente ad aprire. Riuscì ad afferrare una sedia e gliela scaraventò tra le gambe.

Damon cadde proprio addosso a Lombardo. Cercò di rialzarsi e di correre via, ma Lombardo lo braccò da terra prendendolo per i piedi.

Lo fece ricadere lungo disteso.

"Lasciami andare, tu!!" urlò Christopher, ormai totalmente fuori di sé, dando a Lombardo calci sul volto.

Intanto Rosa era però riuscita ad alzarsi e a estrarre la pistola dalla borsa.

"Christopher! Si alzi e non si muova. Là, fermo nell'angolo del corridoio! Si ricordi che la tengo sotto tiro! Ludovico, torna nella camera e chiama la hall. Di' di chiamare al più presto la polizia!"

"Non parlerò senza il mio avvocato!"

"Non tema, signor Damon. Avvertiremo il suo avvocato appena arriveremo al commissariato. Credo in ogni caso che ormai ci sia decisamente poco da dire."

"La polizia arriva tra un secondo!" confermò Lombardo con un evidente livido sul volto.

"Ludovico, ti sei fatto male!"

"Non è nulla, Rosa! Solo un graffio! L'importante è che l'assassino sia stato preso!"

Damon stava immobile contro il muro, ma aveva riacquistato una certa freddezza, la stessa che aveva dimostrato nel calcolare e compiere un delitto tanto efferato e preciso.
Voleva con tutta probabilità compiere il delitto perfetto, ma Rosa sapeva fin troppo bene che nessun delitto è perfetto.

Übung 89: Wie lauten die passenden Verben? Setzen Sie ein!
(fischia – scricchiola – pulsa – cigola – suona – squilla – batte)

1. Il telefono ______________________.
2. La sveglia ______________________.
3. La scala ______________________.
4. La porta ______________________.
5. Il vento ______________________.
6. Il cuore ______________________.
7. Il sangue ______________________.

La polizia arrivò quasi subito, dopo una decina di minuti.
"Rosa, cosa è successo?" le chiese Rodolfo, che si era precipitato all'*Excelsior* appena aveva sentito la chiamata.
"Ti consegno l'assassino di George Brandly!"
"Ma non è possibile! Ho già arrestato *io* il suo assassino: è Linda Splendor!"
"Mi dispiace dirti che, anche questa volta, hai commesso un errore, caro Rodolfo! Lo capirai da solo appena varcherai quella soglia."
"Quella soglia?"
"Sì, è la stanza del signor Damon che, come vedi, è stato appena ammanettato sotto i tuoi occhi dal nostro giovane collega."

"Non mi strattoni in questo modo. Come si permette, sa chi sono io?" sbraitò Damon davanti al ragazzo che cercava di condurlo di sotto e poi sul motoscafo verso il commissariato.

"Adesso solo un comune assassino!" gli rispose Rosa, molto dura.

"Vuoi dire che Linda Splendor non c'entra davvero nulla?" le chiese Rodolfo, che adesso aveva gli occhi veramente stralunati e preoccupati.

"Credo proprio di no. Sai, se tu me l'avessi chiesto, invece di procedere per conto tuo, te l'avrei detto fin dall'inizio. Ma ora mi dispiace Rodolfo, credo di dover andare… Sai, non ho un attimo di tempo! Vedo che c'è anche il capo!"

"Sì, ha voluto venire appena ha sentito della tua telefonata…"

"Rodolfo, puoi avvicinarti per favore? Ho paura che dobbiamo chiarire qualcosa!" urlò il capo dalla stanza.

"Rosa, non puoi proprio darmi una mano? Sai che ho famiglia!"

"Farò il possibile!" gli rispose Rosa sinceramente, pur sapendo che lui non lo avrebbe fatto di sicuro se lei si fosse trovata in quell'identica situazione.

Rosa sapeva in ogni caso di essere brava e di non avere bisogno di fare carriera con trucchetti di quel tipo.

Tutti sapevano a Venezia che era stata in grado di risolvere i delitti più difficili, come tutti avrebbero saputo che Rodolfo aveva sbagliato per la seconda volta.

Chissà cosa avrebbe raccontato ai cronisti, adesso!

ÜBUNG 90 !

Übung 90: Wie lautet die korrekte Übersetzung? Verbinden Sie!

1. In bocca al lupo!	a) Ich bin leer ausgegangen!
2. Acqua in bocca!	b) Ich bin nicht wählerisch!
3. Sono rimasto a bocca asciutta!	c) Viel Glück!

4. Sono di bocca buona!	d) Ich stand mit offenem Mund da.
5. Sono rimasto a bocca aperta!	e) Still!

Lasciò perdere Rodolfo e si rivolse a Lombardo. Con la polizia, gli addetti alla sicurezza avevano chiamato anche un'ambulanza. Lombardo era stato soccorso subito e ora portava sulla fronte un vistoso cerotto.

"Ludovico, tutto bene?" domandò Rosa avvicinandoglisi e mettendogli una mano sulla spalla.

Dopo che Damon era stato ammanettato, aveva riposto la pistola nella borsetta. Si era rivelata utile un'altra volta, anche se per fortuna non era stato necessario utilizzarla.

Lombardo se ne stava accovacciato per terra accanto a una barella, mentre un'infermiera finiva di medicarlo. Aveva diversi graffi e abrasioni su tutto il corpo e la camicia si era strappata nella caduta.

"Che dici, Rosa? Sono stato bravo?"

"Bravissimo, Lombardo! Non so davvero come avrei fatto senza di te! Sei stato un vero segugio!" gli disse affettuosamente Rosa.

Sapeva di stuzzicare così il suo orgoglio.

"Vuol dire che lavoreremo sempre di più insieme, allora?"

"Vedremo… Ma non vorrei mai mettere a rischio la tua vita! Non me lo perdonerei mai, Ludovico!"

"È sempre un piacere stare con te, Rosa! Farei questo e altro, per te!"

Rosa sentì che stava arrossendo e preferì cambiare argomento.

"Adesso devo proprio andare. Devono sentire la mia versione dei fatti al commissariato. Ricordati che Linda è ancora agli arresti. Bisogna chiarire tutto al più presto."

Lombardo non ci rimase male, perché capì perfettamente la situazione.

"Povera ragazza! Deve aver preso proprio un bel colpo!" aggiunse alzandosi in piedi e guardando Rosa dritto negli occhi.

"Ti telefono dopo, Ludovico!" gli disse lei abbracciandolo.
"A dopo, Rosa!"
"E ancora grazie di tutto!" gli ripetè Rosa, mentre lasciava il corridoio insieme a due agenti di polizia.

ÜBUNG 91 !

Übung 91: Um welche Begriffe handelt es sich? Setzen Sie ein!

1. Lo usa il gondoliere per guidare la gondola.
   R _ _ _
2. Spengono il fuoco.
   P _ _ _ _ _ _ _ _
3. Si chiama in caso di incidente.
   A _ _ _ _ _ _ _ _ _
4. Vi finiscono i criminali.
   P _ _ _ _ _ _ _ _
5. Lavorano al commissariato.
   P _ _ _ _ _ _ _ _ _ _
6. Il cameriere è contento quando la riceve.
   M _ _ _ _ _

La sera dopo c'era molta agitazione davanti al Palazzo del Cinema. Era la serata della premiazione al Lido.
Sam Patterson era il candidato più probabile per il Leone d'Oro con il suo film *Amore a settembre*, ma i giornali e i critici indicavano anche Linda Splendor come vincitrice della Coppa Volpi per la migliore interpretazione femminile.
C'era addirittura chi parlava di un premio speciale pensato per George Brandly, in memoria del suo lavoro.
Di sicuro il suo assassinio aveva portato molta pubblicità al film, come l'arresto di Christopher Damon.

Pareva quasi che quello che era successo nel film si fosse ripetuto nella vita. Anche nella finzione Brandly finiva infatti assassinato in mare. Un brutto scherzo del destino.
Sulle prime pagine dei giornali di tutto il mondo non si parlava d'altro ed erano già state pubblicate ampie interviste su Christopher. Lui non aveva parlato con nessuno, a parte il suo avvocato, ma in compenso molti altri avevano parlato per lui.
Alla fine ne era uscito un ritratto alquanto ambiguo del suo personaggio.
Pareva che il motivo principale dell'omicidio non fosse stato né il denaro né la fama, ma la semplice invidia per un uomo, con tutti i suoi problemi e difetti, migliore e più amato di lui.
In fondo Christopher sapeva che non avrebbe mai potuto assomigliargli.
Si raccontava che Patterson stesse già cercando uno sceneggiatore in grado di ricavare una storia sull'intero omicidio, in modo da girare un film che rispecchiasse la realtà, proprio ambientato a Venezia.

Übung 92: Welche Gegenstände befinden sich gewöhnlich in einer Küche? Unterstreichen Sie diese!

cavatappi, tostapane, bidet, giocattolo, poltrona, ago, strofinaccio, fornello, padella, pentola, letto, camino, accendisigari, lavello, forno, scolapasta, colino, mestolo, tavolo, sedie, cassapanca, comodino, computer, ombrellone, comò

La gente si assiepava davanti alle transenne in attesa di vedere arrivare le star che dovevano sfilare per un attimo sul tappeto rosso.
Rosa era stata invitata da Patterson ad assistere alla premiazione con un accompagnatore.

Era sicura che fosse stata Linda a insistere per l'invito, anche se dal giorno dell'arresto di Christopher non l'aveva più sentita.
Quando l'avevano rilasciata c'era stata una grande confusione.
Linda aveva avuto solo un attimo di tempo per ringraziare Rosa, poi era stata trascinata via dal suo agente e dal suo avvocato, famoso quanto una star hollywoodiana.
Avevano minacciato querele contro Rodolfo e, fortunatamente per lui, la cosa era finita nel nulla.
Naturalmente Rosa aveva portato con sé Lombardo. Per l'occasione lei aveva indossato un bel vestito nero, attillato e lungo fino ai piedi. Lombardo aveva preferito, su consiglio di sua madre, un bello smoking all'ultimo grido.

ÜBUNG 93 !

Übung 93: Welche Gerichte kommen aus welcher Region? Verbinden Sie!

1. Trenette al pesto	a) Sardegna
2. Risotto alla milanese	b) Campania
3. Bucatini all'amatriciana	c) Sicilia
4. Pizza margherita	d) Lombardia
5. Pasta alla norma	e) Lazio
6. Gnocchi sardi al pomodoro	f) Liguria

Appena entrarono nel salone delle premiazioni per prendere posto, Rosa e Lombardo si trovarono, come in un film, mescolati a registi, produttori, attori.
Erano meno sicuri che sullo schermo, qualcuno un po' in ansia, in fervente attesa di conoscere i nomi dei vincitori.
Tra poco si sarebbero spente le luci e lo spettacolo sarebbe cominciato.

Lombardo avvicinò le labbra all'orecchio di Rosa.

Lei sobbalzò quasi d'istinto.

"È proprio una bella serata, Rosa! Grazie di avermi invitato!"

"Ma figurati! Vorrà dire che ricambierai con una delle tue deliziose cenette…"

"Ho deciso che questa volta ti porterò invece in un posto speciale…"

"Davvero? E quale?"

"L'*Harry's Bar*!"

"Sei sicuro, ricordati che c'è Ferruccio!"

"È vero, ma dopo tutto quello che ho passato, penso che affrontare lui non sarà poi un grosso problema. Non credi? Una cosa però me la devi promettere?"

"Va bene, cosa?"

"La prossima volta che ceniamo insieme spegniamo i cellulari e stacchiamo il telefono!"

"Ma Ludovico, sai che con il mio lavoro devo essere sempre reperibile! E se capita un altro omicidio?"

"Appunto, che ci pensi Rodolfo!"

Rosa scoppiò in una fragorosa risata, mentre Lombardo le prese dolcemente la mano.

Notò che lei non allontanò la sua.

Le luci si abbassarono.

Abschlusstest

Übung 1: Bilden Sie den Superlativ der folgenden Adjektive!

1. piccolo ______________________
2. grande ______________________
3. buono ______________________
4. cattivo ______________________
5. simpatico ______________________
6. antipatico ______________________
7. onesto ______________________
8. disonesto ______________________

Übung 2: Wie lautet die Mehrzahl?

1. il vestito rosso ______________________
2. la rana verde ______________________
3. il lampadario blu ______________________
4. la borsa celeste ______________________
5. la donna alta ______________________
6. la gonna gialla ______________________
7. la rosa rossa ______________________
8. il pomodoro piccolo ______________________

Übung 3: Bilden Sie die passenden Adverbien!

1. con prudenza ____________________
2. con attenzione ____________________
3. con pazienza ____________________
4. con delicatezza ____________________
5. con molta probabilità ____________________

Übung 4: Welche Farbe haben diese Objekte?

1. carota ____________________
2. pomodoro ____________________
3. banana ____________________
4. cetriolo ____________________
5. ciliegia ____________________
6. castagna ____________________
7. limone ____________________

Übung 5: Konjugieren Sie das Verb „credere“!

1. Presente, 2. Pers. Plur. ____________________
2. Passato remoto, 1. Pers. Sing. ____________________
3. Futuro semplice, 3. Pers. Plur. ____________________

4. Futuro anteriore, 1. Pers. Plur. ____________________

5. Passato prossimo, 2. Pers. Sing. ____________________

6. Gerundio presente ____________________

Übung 6: Welche Wörter passen in die Lücken? Setzen Sie ein!
(qual – quanti – qualsiasi – quale – quale – quanti – qualche)

1. ____________ libro hai comperato?

2. ____________ soldi ti sono rimasti?

3. ____________ autore ti piace di più?

4. Non è mai felice, ____________ cosa le regali.

5. ____________ è il tuo film preferito?

6. ____________ anni hai?

7. ____________ tuo amico si comporta in modo davvero strano.

Übung 7: Wie lautet die weibliche Form? Setzen Sie ein!

1. lo studente ____________________

2. il giornalista ____________________

3. l'attore ____________________

4. il cuoco ____________________

5. l'insegnante ____________________

6. il re ____________________

7. il cane ____________________

8. il gatto ____________________

Übung 8: Verbinden Sie die Gegenteile!

1. buono	a) avaro
2. allegro	b) cattivo
3. generoso	c) chiaro
4. scuro	d) agitato
5. calmo	e) triste
6. sicuro	f) disorganizzato
7. addormentato	g) maleducato
8. organizzato	h) insicuro
9. educato	i) distratto
10. attento	l) sveglio

Übung 9: Verbinden Sie die passenden Substantive!

1. un raggio	a) di fiori
2. un mazzo	b) di caffè
3. un granello	c) di torta
4. un chicco	d) di sole
5. una fetta	e) di animali
6. un gruppo	f) di persone
7. un pezzo	g) di polvere
8. una fila	h) di pane

Übung 10: Kombinieren Sie das Verb mit dem passenden Substantiv!

1. arrostire	a) le lasagne
2. far saltare in padella	b) il baccalà
3. cucinare al forno	c) le patate
4. mantecare	d) il salame
5. spalmare	e) le verdure
6. affettare	f) la marmellata

Übung 11: Welche Wörter gehören inhaltlich zusammen? Verbinden Sie!

1. gondola	a) Piazza San Marco
2. marinaio	b) Rialto
3. piccione	c) pistola
4. fondamenta	d) film
5. ponte	e) remo
6. commissario	f) canale
7. attore	g) vaporetto

Lösungen

Übung 1: 1. i motoscafi; 2. i canali; 3. le banchine; 4. le imbarcazioni; 5. i moli; 6. le cabine.

Übung 2: 1. lento; 2. diretto; 3. esatto; 4. veloce; 5. appassionato; 6. urgente.

Übung 3: 1. camicie; 2. giacche; 3. cravatte; 4. pantaloni; 5. maglioni; 6. calzini; 7. scarpe; 8. gonne; 9. golfini; 10. vestiti; 11. occhiali; 12. orecchini; 13. collane; 14. bracciali; 15. orologi; 16. borse.

Übung 4: 1. L'attrice; 2. Di George; 3. filiforme; 4. Di lino; 5. Bionda.

Übung 5: 1. b); 2. d); 3. e); 4. a); 5. c).

Übung 6: 1. attrice; 2. dottoressa; 3. donna; 4. madre; 5. figlia; 6. fidanzata; 7. compagna; 8. moglie.

Übung 7: 1. carne; 2. pesce; 3. vino; 4. acqua; 5. pane; 6. sale; 7. olio d'oliva; 8. pepe; 9. latte; 10. panna; 11. aceto; 12. formaggio; 13. frutta; 14. verdura; 15. zucchero.

Übung 8: 1. Un'osteria tipica veneziana; 2. Bicchiere di vino; 3. Stuzzichini e spuntini.

Übung 9: 1. seppie; 2. gamberi; 3. crostini; 4. sardine; 5. affettati; 6. spiedini.

Übung 10: 1. prosecco; 2. tramezzino; 3. tonno e uova; 4. aperitivo; 5. pane; 6. caffè.

Übung 11: 1. era; 2. veniva; 3. distingueva; 4. raggiungeva; 5. era stata; 6. rifugiavano; 7. veniva; 8. portavano; 9. rievocavano.

Übung 12: prima; cinematografica; XVIII (diciottesima); annuale; grandi; famosi; altri; dolce; notturna; qualche; numerose; hollywoodiane.

Übung 13: 1. i patiti cinefili; 2. i commissari di polizia; 3. le bravissime criminologhe; 4. gli abili intuiti; 5. le vite rischiose; 6. i tipi adatti; 7. i momenti di sconforto.

Übung 14: 1. Ti; 2. Mi; 3. le; 4. gli; 5. ci; 6. Li; 7. ci.

Übung 15: 1. guardare; 2. digitare; 3. fare cenno; 4. spostare; 5. continuare; 6. scorgere; 7. lasciarsi scappare; 8. recuperare; 9. comporre.

Übung 16: Pronto; Bene; raffreddato; ora; Facciamo; in Italia; puntuale; scuoce; bottiglia di vino; non serve; ciao.

Übung 17: 1. cipolla/cipolle; 3. pomodoro/pomodori; 4. zucchina/zucchine; 7. cetriolo/cetrioli; 8. lenticchia/lenticchie.

Übung 18: 1. Leber; 2. Rindfleisch; 3. Kalb; 4. Huhn; 5. Pute; 6. Ente.

Übung 19: 1. Pfanne; 2. Topf; 3. Auflaufform; 4. Kasserolle; 5. Schüssel, Terrine.

Übung 20: fagato = fegato; ti = di; vitallo = vitello; uliva = oliva; cipotte = cipolle; fetine = fettine; taglia = teglia; specchi = spicchi.

Übung 21: 1. mais; 2. sale; 3. fuoco; 4. versare; 5. legno; 6. grumi; 7. crosta; 8. tagliere.

Übung 22: 1. Da Roma; 2. Vilù o Vittoria; 3. Roberto; 4. Azzurri; 5. Giapponesi.

Übung 23: 1. cameriere; 2. volta; 3. americani; 4. fortuna; 5. merletti; 6. problema; 7. cellulare; 8. amici.

Übung 24: 1. Nel 1931; 2. Giuseppe Cipriani; 3. Hemingway; 4. Nel 1934; 5. A Torcello; 6. È regista di film erotici; 7. Arrigo Cipriani; 8. Murano; 9. Burano.

Übung 25: 1. e); 2. f); 3. d); 4. a); 5. b); 6. c).

Übung 26: 1. f); 2. c); 3. e); 4. a); 5. b); 6. d).

Übung 27: 1. fresche; 2. prezzemolo; 3. inchiostro; 4. striscioline; 5. padella; 6. tagliere; 7. pomodori; 8. dente.

Übung 28: 1. botti; 2. bianco; 3. dolce; 4. versarti; 5. frizzante; 6. uva; 7. assaggiare; 8. grandi.

Übung 29: 1. h); 2. e); 3. d); 4. f); 5. a); 6. b); 7. c); 8. g).

Übung 30: culinari, difficile, strana, orribile, minacciosa, maggior, romantiche, bellissimo, inquietante, magica, misteriosa.

Übung 31: perfettamente; oltretutto; in fondo.

Übung 32: 1. hai voglia; 2. preferisce; 3. è; 4. viene, piace; 5. chiede.

Übung 33: 1. attori; 2. regista; 3. produttore; 4. controfigure; 5. comparse; 6. direttore della fotografia; 7. divo; 8. stella del cinema.

Übung 34: 1. sono sfilate; 2. hanno fotografato; 3. si è fermato; 4. ha firmato; 5. sono andati; 6. ha abbracciato.

Übung 35: 1. b); 2. a); 3. e); 4. c); 5. g); 6. d); 7. f).

Übung 36: 1. gondola, squero; 2. vaporetto, fermata; 3. fondamenta, canale; 4. campo, campiello; 5. Piazza San Marco, piccioni; 6. Ponte dei Sospiri, prigione; 7. Lido, isola; 8. Festival, film.

Übung 37: 1. Posso telefonarti domani? 2. Sentiamoci al telefono per sicurezza! 3. Devo ricordarmi di invitarti a cena entro la settimana. 4. Bisogna sentirlo per avere una conferma. 5. Posso parlarvi domani.
Übung 38: 1. con lentezza; 2. con sincerità; 3. con affetto; 4. all'improvviso; 5. di persona; 6. in generale; 7. con attenzione.
Übung 39: 1. piselli; 2. prezzemolo; 3. grattugiato; 4. Sgranare; 5. pancetta; 6. cucchiai; 7. unire; 8. riso.
Übung 40: 1. schiena; 2. bocca; 3. cuore; 4. cervello; 5. piedi; 6. mano; 7. seno; 8. ginocchio; 9. caviglia; 10. spalle.
Übung 41: 1. d); 2. c); 3. e); 4. g); 5. f); 6. b); 7. a).
Übung 42: 1. küssen; 2. flirten; 3. kuscheln; 4. streicheln; 5. sich verloben; 6. heiraten.
Übung 43: 1. collo; 2. capelli; 3. occhi; 4. mani; 5. bocca; 6. cuore.
Übung 44: 1. e); 2. d); 3. f); 4. a); 5. c); 6. b).
Übung 45: 1. a); 2. a); 3. b).
Übung 46: imperfetto; pronunciato; italiano; comprensibile; facile; solo; altro; sciolto; macchiata; rosso; rossa.
Übung 47: 1. commissario; 2. poliziotto; 3. professore; 4. studente; 5. meccanico; 6. gondoliere; 7. tabaccaio; 8. attore; 9. regista; 10. fiorista/fioraio; 11. macellaio; 12. giornalaio; 13. giornalista.
Übung 48: 1. aperta; 2. buona; 3. lupo; 4. Acqua; 5. asciutta.
Übung 49: 1. felice; 2. sconsolata; 3. lenta; 4. chiusa; 5. florida; 6. sicura; 7. rischiosa.
Übung 50: 1. volpe; 2. lumaca; 3. elefante; 4. aquila; 5. serpente; 6. leone.
Übung 51: 1. c); 2. b); 3. g); 4. a); 5. d); 6. e); 7. f).
Übung 52: 1. segnata; 2. stravolta; 3. curiosa; 4. avida; 5. carica; 6. entusiasta.
Übung 53: 1. d); 2. c); 3. a); 4. e); 5. b).
Übung 54: 1. pistola; 2. cinema; 3. gondola; 4. campi; 5. telefono; 6. cellulare; 7. posacenere; 8. accendino.
Übung 55: 1. c); 2. b); 3. c); 4. c); 5. b); 6. c); 7. c); 8. a).
Übung 56: 1. odiare; 2. imprigionare; 3. morire; 4. mostrare; 5. dissuadere.
Übung 57: 1. braccialetto; 2. collana; 3. cappello; 4. mantello; 5. vestito; 6. biancheria intima; 7. calze; 8. guanti.

Übung 58: 1. credere; 2. essere; 3. mentire; 4. cercare; 5. parlare; 6. volere; 7. raccontare; 8. incontrare.

Übung 59: 1. cucinare; 2. investigare; 3. insegnare; 4. recitare; 5. curare; 6. difendere; 7. controllare; 8. dirigere il traffico.

Übung 60: giganteschi; caro; cara; superiore; bellissime; fitto.

Übung 61: 1. Dov'è il cellulare/telefonino?; 2. Ogni italiano ha un cellulare/ telefonino; 3. Dov'è la cabina telefonica più vicina?; 4. Ha una carta telefonica da dieci Euro?; 5. Mi hai mandato un sms?

Übung 62: 1. d); 2. c); 3. a); 4. f); 5. b); 6. g); 7. e).

Übung 63: 1. gambero/gamberetto; 2. sardina; 3. granchio; 4. merluzzo; 5. pesce spada; 6. seppia; 7. sogliola; 8. tonno; 9. vongola; 10. carpa; 11. cozza; 12. orata; 13. aragosta; 14. calamaro; 15. sgombro; 16. triglia; 17. astice.

Übung 64: per favore; a posto; cena; Desiderate; conto; contanti; carta; di credito; quello; ricevuta; minuto.

Übung 65: 1. braten; 2. sieden; 3. kochen; 4. im Wasser kochen; 5. abbrühen; 6. rösten; 7. in Öl anbraten.

Übung 66: affettate; sottili; padella; cucchiaiata; bene; acqua; cottura; abbastanza; pronte; tritatele; rosolare; crudo.

Übung 67: baccalà; casseruola; fuoco; bollire; minuti; scolarlo; di nuovo; pelle; ridurre; di legno; d'oliva.

Übung 68: 1. affettare; 2. montare; 3. sbattere; 4. tritare; 5. pelare; 6. mantecare; 7. rosolare; 8. sgusciare; 9. scolare; 10. sbucciare; 11. macinare; 12. sciogliere.

Übung 69: 1. apriscatole; 2. matterello; 3. presina; 4. pepiera; 5. oliera; 6. grattugia; 7. schiaccianoci; 8. scolapasta; 9. tagliere; 10. frullatore; 11. spremiagrumi; 12. friggitrice; 13. mezzaluna; 14. frusta.

Übung 70: 1. alla griglia; 2. al sangue; 3. alla piastra; 4. ben cotta; 5. lessa; 6. in salmì.

Übung 71: 1. frittiert; 2. gegrillt; 3. gekocht; 4. gedämpft; 5. sautiert.

Übung 72: 1. bissfest; 2. im Ofen; 3. mit Butter; 4. zu viel/weich gekocht; 5. gekocht.

Übung 73: 1. gorgonzola; 2. parmigiano; 3. mascarpone; 4. pecorino; 5. mozzarella; 6. stracchino.

Übung 74: 1. bicchiere di vino; 2. caffè; 3. birra; 4. aperitivo; 5. digestivo; 6. prosecco.

Übung 75: 1. e); 2. d); 3. b); 4. a); 5. f); 6. g); 7. c).

Übung 76: 1. di sicurezza; 2. in bianco; 3. sotto il naso; 4. nella brace; 5. fumo; 6. alla gola; 7. pelo!

Übung 77: 1. lentamente; 2. velocemente; 3. violentemente; 4. naturalmente; 5. certamente; 6. allegramente.

Übung 78: 1. assassine; 2. film; 3. caffè; 4. valigie o valige; 5. ciliegie o ciliege; 6. spiagge.

Übung 79: 1. travestitissima; 2. vestitissimo; 3. tranquillissimo; 4. impegnatissimo; 5. altissima; 6. leggerissimo.

Übung 80: finalmente; particolarmente; chiaramente; naturalmente.

Übung 81: 1. con; 2. con; 3. su; 4. col; 5. da; 6. in; 7. di.

Übung 82: 1. davanti; 2. Ovunque; 3. intorno; 4. presso; 5. là sotto; 6. laggiù.

Übung 83: 1. in; 2. su; 3. di; 4. di; 5. da; 6. per.

Übung 84: 1. dubbi; 2. ragazza; 3. bravo; 4. convincere; 5. porta; 6. sicura; 7. parlato.

Übung 85: 1. motoscafo = motoscafi; 2. gondola = gondole; 3. albergo = alberghi; 4. fiorista = fioriste; 5. assassino = assassini; 6. ispettore = ispettori; 7. donna = donne; 8. uomo = uomini.

Übung 86: 1. in un baleno; 2. Per risparmiare tempo; 3. Di corsa; 4. Animatamente; 5. Per il bavero della giacca.

Übung 87: 1. non gliel'ho fatta; 2. non l'ho visto; 3. gliel'ho portato; 4. non l'ho spedita; 5. le ho comprate; 6. non le ho mandate.

Übung 88: 1. inciampare; 2. preparare; 3. stupire; 4. riuscire; 5. spalancare; 6. dichiarare.

Übung 89: 1. squilla; 2. suona; 3. scricchiola; 4. cigola; 5. fischia; 6. batte; 7. pulsa.

Übung 90: 1. c); 2. e); 3. a); 4. b); 5. d).

Übung 91: 1. remo; 2. pompieri; 3. ambulanza; 4. prigione; 5. poliziotti; 6. mancia.

Übung 92: cavatappi; tostapane; fornello; padella; pentola; lavello; forno; scolapasta; colino; mestolo; tavolo; sedie.

Übung 93: 1. f); 2. d); 3. e); 4. b); 5. c); 6. a).

Lösungen Abschlusstest

Übung 1: 1. piccolissimo; 2. grandissimo; 3. buonissimo; 4. cattivissimo; 5. simpaticissimo; 6. antipaticissimo; 7. onestissimo; 8. disonestissimo.

Übung 2: 1. i vestiti rossi; 2. le rane verdi; 3. i lampadari blu; 4. le borse celesti; 5. le donne alte; 6. le gonne gialle; 7. le rose rosse; 8. i pomodori piccoli.

Übung 3: 1. prudentemente; 2. attentamente; 3. pazientemente; 4. delicatamente; 5. molto probabilmente.

Übung 4: 1. arancione; 2. rosso; 3. giallo; 4. verde; 5. rosso; 6. marrone; 7. giallo.

Übung 5: 1. voi credete; 2. io credetti; 3. essi crederanno; 4. noi avremo creduto; 5. tu hai creduto; 6. credendo.

Übung 6: 1. Quale; 2. Quanti; 3. Quale; 4. qualsiasi; 5. Qual; 6. Quanti; 7. Qualche.

Übung 7: 1. la studentessa; 2. la giornalista; 3. l'attrice; 4. la cuoca; 5. l'insegnante; 6. la regina; 7. la cagna; 8. la gatta.

Übung 8: 1. b); 2. e); 3. a); 4. c); 5. d); 6. h); 7. l); 8. f); 9. g); 10. i).

Übung 9: 1. d); 2. a); 3. g); 4. b); 5. c); 6. e); 7. h); 8. f).

Übung 10: 1. c); 2. e); 3. a); 4. b); 5. f); 6. d).

Übung 11: 1. e); 2. g); 3. a); 4. f); 5. b); 6. c); 7. d).